튜브

救命稻草

孫元平
손원평
——著——
游芯歆——譯

「本專案就是為各位自行製作的稻草打氣，
直到稻草變成一根巨大的管子。
也就是說，不斷打氣直到大家可以無所畏懼地浮出水面為止。」

目次

序曲　墜落

眞他媽的冷！

他暗自想著，這種冷眞的讓人很不愉快，更別提江水的味道有多糟。但是，怎麼還有那麼多的人跳江自殺呢？當金成坤．安德烈亞這麼想的時候，他似乎忘了自己也是其中之一。雖說人都要死了，但這感覺也未免太眞實了吧。反正——金成坤換個角度想——這就是現實。從這冰冷、噁心的氛圍來看，沒有比這更實際的了。

水不受控制地湧進肺裡，當金成坤．安德烈亞反射性地吐出這些水時，他想起兩年前站在江水上方、下定同樣決心的那個時刻。早知道那時跳下去就沒事了，還可以省下過去幾年來的辛苦，那些徒勞無功、全化爲泡影的努力。

即使在他手腳亂揮亂蹬，吃進不少水的時候，腦中還是忍不住在想，一個尋死的人還這麼拚命掙扎，實在太可笑了，明明想死，爲什麼身體還要掙扎，好像無論如何都想活下去似的？當然，這種想法很快就從他的腦海中消失，只剩下即將步入死亡的感覺和最後的感觸——既痛苦又恐怖。

「求求你！」如果還留有一口氣的話，他大概會迸出這句話來。

「求求你！」算了吧，「去你媽的！」金成坤．安德烈亞迫切地希望這個經驗能快點結束。

當然，在這個故事裡，金成坤不會死，因爲這或許是你正好想看的故事。但是，你如果不滿意這種結局，也可以想像金成坤死掉了，就當作他是在遭遇困境之後，悄無聲息地消失了！

事實上，要讓什麼變壞很容易，就像把一滴墨水滴入水中一樣簡單又快速。然而，眞正難的是變好，因爲要改變已經糟到極點的人生，就如同要改變全世界一樣，是一件既偉大又艱難的事情。

這是關於金成坤想變好的故事，如果你覺得他的孤軍奮鬥很無聊的話，也可以當作他失敗了，畢竟這世上失敗的故事占了大多數。

第一章

回到原點

1

整整兩年又五個月前。

金成坤·安德烈亞就站在和今天相同的位置上，也就是貫穿首爾市中心的漢江某座自殺聖地的大橋。他爬上了某個剛收工的電影拍攝小組棄置在那裡的木箱上，從防止自殺圍欄的縫隙探出頭去，一動也不動地俯看著江水。街燈亮起時偶爾也會閃現粼粼波光，但此時，水看起來又黑又冰冷。

生活也是如此，人生中偶爾有光芒耀眼的時刻，但整體來說，生活就像又黑又冷、深不可測的泥沼一樣，所以現在他俯看的江水，正適合作爲終結生命的場所。

金成坤的生活基本上是一場糊塗，如果說他的人生原本是一塊白布的話，那麼近五十年的歲月裡，他在上面胡搞亂搞弄得一片狼藉。在和別人一樣單調到厭煩的前半段人生尾端，因爲他突然起意的幾次嘗試，給人生白布留下了難看的皺褶。再加上爲了遮掩這一切所做的徒勞又粗劣的縫補和裁剪，弄得又是破洞，又是裂口。總之，這塊布已成不了一幅畫或布藝作品，而是淪落為一塊讓人看了只想說「這啥玩意？扔了吧！」的破爛東西。

已經沒有辦法消除那上面的印記，或撫平那些皺褶，甚至也沒法回收再利用。無論怎麼看，這樣的人生都讓人覺得不如不要算了。就像所有想親手了結自己生命的人一樣，金成坤對自己的人生也有同樣的想法——既然無法挽回，那就放手吧！這是對我最合適的判決。

然而，一陣悲傷湧上他心頭。到底是從哪裡開始變得一團糟呢？想當初剛開始的時候，也曾經是一切順利啊。想到「順利的開始」，母親的身影浮現腦海，令金成坤心痛不已。一向充滿信賴和寬容的母親，在去世前那幾年裡總是愁容滿面。那副面容成了一種壓力，讓金成坤不自覺地數次做出不孝的行為。最後母親與世長辭，他也在四十七歲那年成了孤兒。

金成坤忍住淚水，吸了一口氣。是呀，媽媽不在了！哪怕就剩一個人肯定自己也好，他很想確定曾深深愛過自己的人——也就是他女兒雅瑩，現在是怎麼看他。他深深懷念起女兒小時候的笑臉，而不是不久前以近乎蔑視眼神望著他的那張臉。他拿出手機想找收集了雅瑩童年照片的相簿，但翻找時手指頭不小心按到的應用程式，跳出了綠油油的股市大盤走勢圖。

叮鈴鈴～突如其來的尖銳鈴聲響起，是妻子蘭希打來的，金成坤遲疑了一下才按下通話鍵，因爲他期待這通電話能成爲自己最後一根救命索。他的內心深處仍抱著一絲希望，說不定蘭希會說「對不起！」或「我們重新開始吧！」，或者求他回家，或者是「我們一定可以堅持下去！」之類的話。然而，灌進耳中的卻是如砲火般的謾罵。

以「你到底」三字爲始的機關槍集中攻勢炮轟他的耳膜，就只爲了告訴他雅瑩因著等爸爸回家，在外徘徊到傍晚。哎呀，自從和蘭希分居之後，身爲父親每月兩次必須盡到的義務，他竟然給忘了！蘭希狠狠責備他這個失敗的父親，說幾年前也是一樣，問他是不是忘了那時才小學五年級的女兒，一個人搭地鐵繞了一小時之後才自己跑去警察局的事情。眞要找藉口的話，金成坤也找得出來，但今天是他完全失去生存意志的日子，所以他決定一死了之，實際上他現在也已經來到迎向死亡的場所，不是嗎？

但不管怎樣，電話另一端的蘭希就像來自地獄的惡魔一樣破口大罵：

「你永遠不會改，你的不幸都是自找的，是你讓自己淪落到現在這種地步，你就是狗，永遠改不了吃屎！你就繼續這樣窩囊到死算了！你滾，爛在外面不要回來！」

尖銳的聲音裡不只是對丈夫的咒罵，還包含著蘭希對悲哀人生的怨憤。金成坤沒法從頭到尾聽完這些飽含恨意和憎惡的話語，所以他切斷電話，最後乾脆關機。一般來說，他總是以這種方式來應付妻子的電話，只是現在，他的心臟撲通撲通跳得好厲害！

蘭希原本很善良，如果把怒氣分成一到十級的話，蘭希天生的個性是不管面對多大的刺激，也不會發出三級以上的怒氣。然而，不知何時開始，蘭希發在成坤身上的怒氣值，會從一級瞬間跳到一百級。

「是我的錯？還是蘭希的錯？」成坤想著想著，猛地甩甩頭。算了，事到如今，再多想又有什麼用？

伴隨著從江面吹來驟然加劇的咻咻風聲，他的耳邊還迴響著妻子的咒罵，「你就是狗，永遠改不了吃屎！你就繼續這樣窩囊到死算了！」

這話講的沒錯，他就是一個永遠不可能改變的人，而且剛好，他也正打算以這副模樣尋死。從結果上來說，蘭希說的話永遠是對的。但是，成坤從沒對妻子說過「妳說的對！」，不是說不出口，而是他不想說。即使金成坤明白自己錯了，也始終以強詞奪理來代替認錯，以針鋒相對來代替和解，以更強烈的中傷詆毀來代替適度讓步。如果他能溫柔地對妻子說：「是，妳說的沒錯！」，那麼如今會不會有所不同？

潮湧而來的思緒讓他的脈搏跳得比任何時候都快，差點以爲心跳就要停止，沒想到最後竟然是跳得更厲害。眼淚伴隨苦笑流下臉頰的那一刻，金成坤全身撲簌簌地抖了起來，就在他想起母親、蘭希和女兒的短短時間裡，風冰冷得嚇人。

金成坤想到白天還看到有人身穿短袖 T 恤和短褲，明明聽了氣象預報說十一月有異常氣溫夜裡也會超過二十度，他才會站在這裡的，可是現在氣溫只有二度，水裡應該會更冷。該死的氣象台！金成坤的身體抖得比剛才更厲害，澎湃的思潮在刺骨寒風中也全凍住了。二度的氣溫竟然有這麼冷？他記得自己以前處在零下十三度也還好好的。反正，重要的不是絕對溫度，而是比起前一天冷了多少，也就是所謂的體感溫度。現在也一樣，不管別人的感覺如何，在自己想尋死、且非死不可的這一刻所感受的體感溫度才是最重要的，至少金成坤是這麼認爲。也就是說他的體感溫度，不管是從身體上，還是心理上，都比任何時候來得更低。

金成坤不自覺把手伸進口袋，凍僵的手指頭因爲一絲溫暖似乎有所緩解。他輕輕吐出一口氣，更堅定了求死的意志，這一點毫無疑問。但此時此刻，金成坤．安德烈亞做出了一個宿命般的，或者說是十分愚蠢的決定——他決定換個死法。

後來，也就是前面提到的兩年後，金成坤再度要跳入江水之前，他一直在思考兩年前那天的決定到底是失誤，還是宿命，最後他認定，那是個失誤。要不是那個決定，他就可以省下被浪費掉的兩年時間。

不管怎樣，那天把他從橋上拉下來的，不是某個人的鼓勵或安慰，而是凜冽的刺骨寒風。那天夜裡驟然的降溫雖然害得不少人感冒，但對金成坤．安德烈亞來說，這不合時宜的莫名凜冽寒風卻成了守護他生命的盾牌。

2

金成坤扣好大衣邁開步伐，藉著走路緩緩驅散周身的寒意。一離開岸邊，風就停了下來，冰冷的空氣也不再有威脅感。但是，就這麼回去又有點讓人無法釋懷。然而今夜金成坤和漢江無緣，因爲水實在太冰了。

沉浸在絕望中的金成坤·安德烈亞一面思索要怎麼死，一面邁著沉重的步伐向前走。沿路碰到轉角就轉彎、該過馬路就不假思索地過馬路。走了大概一個小時以後，他抵達的地點是地鐵四號線首爾站。

進了站內地下通道後，金成坤走過街友們爲了睡覺而用紙板搭建的家。角落裡一群街友聚在一起聊天，無神的眼睛、炯炯的眼睛、惺忪的眼睛輪番打量他。金成坤·安德烈亞從被他們奉爲聖水的綠色燒酒瓶中間穿過去，往上走到了另一個首爾站，也就是高鐵首爾站，一股和剛才不同的冷清氣息迎面襲來。如果說外面的冷是寒到骨子裡，地鐵首爾站的冷則因行人和街友們的體溫而帶點濕暖，至於籠罩高鐵首爾站的寒冷，性質就截然不同了。在往來旅客各自完成任務的深夜裡，空蕩蕩的寬敞車站站體露出了眞面目。空虛寂寞、無處可去的空氣聚集，形成了一種淒清沉重的氛圍。

金成坤步履蹣跚地向前走，最後停在車站中央的大電視前。電視聲音嗡嗡作響，這聲音一直都這麼大嗎？儘管常在報導選舉期間或節日景象的新聞畫面上，看到人群聚集在首爾火車站電視前，但此刻還是覺得有點奇怪。在金成坤的印象裡，首爾火車站的電視是呈現人潮和大眾關注焦點的裝置，總是被鼎沸的人聲或新聞播報聲蓋過而處於靜音狀態。但是現在，眼前的電視聲音太大，不過電視的存在感更大過聲音。金成坤被奇妙的魔法吸引，在電視前一排排座椅中找了個位子，慢吞吞地坐了下來。一彎下凍僵的身體，他彷彿聽到全身上下發出一陣喀噠喀噠聲。金成坤看到前面隔幾排座椅對角線的位子上，一名街友手拿一瓶燒酒坐在那裡。這個街友一直盯著電視畫面，不時舉起瓶子呑一口酒。

搭配火箭、太空船、衛星等景象出現的是一句完全無法觸動人心的文案——「走向太空時代，你會做什麼？」，隨後登場的是經常出現在新聞中的外國企業執行長。這位名叫格倫．顧爾德的瑞典裔美籍企業家，因爲和著名鋼琴家格倫．顧爾德同名而常被人提及。他是一個年輕的天才，創立了一家名叫「諾內」的公司。「諾內」也有「九重奏」之意，代表太陽系八大行星和格倫．顧爾德即將開拓的另一太空領域要共同展開的九重奏大饗宴。格倫．顧爾德就如他奇妙的取名方式一樣，做了許多別人無法想像的、不著邊際的事。即使如此，他卻能在所有領域都獲得成功，如今他隨興玩笑般的一句話就足以影響華爾街股市的漲跌。

電視中正在播放一部描述顧爾德生平的紀錄片，在有勇無謀的挑戰、失敗、成功；又再失敗、失敗、失敗，終於成功；再失敗，然後又成功、成功，再接著一連串成功的最後，他終於站穩腳跟成了傳奇人物，至今還在不厭其煩地締造成功的紀錄，直到擁有現在的地位爲止，他的一生充滿了戲劇性色彩。

從目前牢不可破的成功去回顧格倫．顧爾德過往的失敗，是相當合理且不可或缺的，這讓那些當初拒絕過他或嘲笑他努力嘗試的人，從結果上來看等於是一腳踹開成功的機會，就像當初否定進化論的宗教人士一樣，顯得既可憐又愚昧。格倫．顧爾德是冒險家，也是開拓者，因爲在做到了所有人都不抱希望的事情之後，他擁有了一切。

在他受邀當來賓的某個談話性節目裡，現場一位觀眾向格倫．顧爾德詢問成功的祕訣。格倫．顧爾德做出他標誌性的雙手交握姿態，說出下面這段話。由於他的發言是經過韓語配音，因此給人一種像是以前看外國電影的奇妙感覺。

「大部分人認爲成功是努力和幸運的結合，但我有不同的看法。人們常說，我們生活在一個多變的時代，但我們是不會改變的。不是一直沒有改變，而是**絕對**不會改變。就算嘗試尋求改變，結果也同樣是絕對、**從根本上**毫無改變。在你最近經歷的事情中，有哪些事眞正出現了足以讓你自豪的重大變化呢？應該不多吧！」

格倫・顧爾德對著向他提問的觀眾如此說。在看到那位觀眾撓了撓腦袋之後，他又以充滿自信的口吻接下去：

「不要傷心，這世上會變的只有自然現象，譬如年齡，或是刻在你額頭上的皺紋數量等等。喔，請別誤會！這裡說的『你』不是指你個人，而是『我們所有人』。」

格倫・顧爾德的臉皮眞厚，說的話既無聊又庸俗。這就是一種說話技巧，先給普通人虛假的希望，讓他們認爲自己很蠢，再告訴他們「就因爲你們沒有付出眞正的努力，所以只能坐在那個位子上」，這是只有成功人士才有資格說的結論式話術和不值一提的游刃有餘。明知道別人做不到，還餵一些甜言蜜語，讓他們做一些虛無縹緲的夢。金成坤‧安德烈亞的嘴角浮起一抹嘲笑。

當然，那些話也曾唬弄過金成坤。他喜歡閱讀自我啓發和趨勢分析書，只要是有助於心靈成長的影片，他都會無條件點擊訂閱。就像在補充營養或打點滴一樣，金成坤固定會找一些足以激勵他的東西，事實上那些東西也確實爲他注入了力量，即便效果十分短暫。那些東西所提出的建議大致相同，簡直能成爲一種模式背起來了，全都是叫你要具體描繪出夢想的輪廓，然後做出夢想成眞似的行爲。之前他也曾照這個模式下定決心，甚至眼看就要取得預期的成果，但到了最後往往全都落空。

「討厭的騙子！」

金成坤喃喃自語。就在這時，畫面中的格倫‧顧爾德說話了。

「當然，也有人會認爲我是討厭的騙子，就像你現在一樣。」

說完話，顧爾德正對著攝影機看了一眼，這一眼也等於是在看金成坤。金成坤的手臂起了一陣雞皮疙瘩，竟連遣詞用字都一模一樣。金成坤鎭定心神，這種巧合也是有可能發生的，反正那番話只是照著翻譯配音的，不是嗎？不過，金成坤變得更加注意聽格倫‧顧爾德說話，他想知道那個怪人嘴裡還會冒出什麼話來。然而，更令人驚訝的是，格倫．顧爾德彷彿同步讀懂他的想法一般，開始說出成坤腦海中的想法。

「我知道，你現在就是這麼想的——『什麼改變呀，說得倒容易，要從哪裡開始？要改變什麼呢？』。很抱歉，我沒辦法告訴你這麼多，這得由你自己去尋找。難道你連這點反省都沒有，就想做出什麼事嗎？」

格倫．顧爾德好像在嘲笑金成坤一樣挖苦地說，金成坤嚥了口口水，等待這傢伙接下來的話。

「對了，還有最重要的一件事。」

格倫．顧爾德清了清嗓子，舉起食指指著螢幕說：

「你要眞正地，而且實實在在地做出具體行動。要做到什麼時候？要到有了改變的時候。不要以爲世界會改變，我敢肯定地告訴你，你絕對不可能改變世界，不要被那樣的謊言給騙了。但我可以告訴你一件事，你能改變的就只有你自己，從頭到腳，直到一切都改變爲止。」

顧爾德就像個蹩腳的魔術師一樣咧嘴一笑，打了個響指。就在這時，螢幕突然吱吱作響，換成了晚間新聞報導這波突然來襲的寒流。

愣愣地盯著電視看的金成坤回過神來，像氣球漏氣一樣，從他嘴角漏出一聲冷笑。什麼「直到一切都改變爲止」，聽起來就跟印地安祈雨祭沒兩樣。金成坤哼了幾聲後停下來，是呀！如果以前眞的見到了那個叫格倫·顧爾德的人，或許我的人生就會有改變。說不定他會投資我的事業，說不定……金成坤天馬行空地想像到一半，無奈地自問，就算此刻眞的見了面，我現在這德性、這模樣，有哪一點足以吸引那個人？

坐在前面的街友舉起了燒酒瓶，彷彿很習慣自己敬自己似的。他的喉結上下滾動，讓液體緩緩流進身體裡。該怎麼說呢，就是一個十分熟練又非常自然的動作。即使在這一剎那的動作裡，也散發著只有長期過著這種生活的人才會擁有的奇妙安定感。既非絕望，也不是自暴自棄，總之就是一種不變的安定感。每晚坐在這個位子上，沐浴在電視放射出的光線下舉起酒瓶，對這個一文不值的男人來說，似乎是永遠固定不變的行爲。換句話說，這種永遠不會改變的相同步驟，就像祈禱後在胸前畫十字一樣。

金成坤陷入前所未有的思考之中，想起剛才在地鐵車站碰到的街友，他再次看了一眼前面對角線位子上的男人。無論何時何地，被稱爲街友的人都堅定地、執著地占據街景的一角。先不管他們各自出於什麼原因才成爲街友，但成了街友之後的情況都大致相同。無論是哪個時代或哪個國家，街友往往是一有錢就買酒喝，至少他看過的男性街友多半如此。不管是誰給的，只要錢落入了街友手裡，一般都成了酒錢，就像錢落入賭徒手裡會成爲賭資一樣。

金成坤瞥了一眼坐在前面的男人滿是污垢的骯髒手指，他人生中最後一次發生重大變化是在什麼時候呢？當然，那也是他決心露宿街頭的第一天吧。但有一件事情是可以肯定的，他絕不是從第一天開始就一頭油膩膩的頭髮，用髒手抓著燒酒瓶，而是慢慢地累積變化，才成了現在這副模樣，這也是無可奈何的事情。

金成坤憋著氣暗自想著失禮的事情，但他完全沒有譴責或貶低街友的意思。他只是想以面前的街友爲模型，在腦海中模擬格倫．顧爾德所說的「改變」是否有可能實現。

但再怎麼想，結論也是顯而易見的。街友的生活太「安定」了，雖然他們的每一天想必都過得很艱難和絕望，但這種狀態及模式已經安定到無可逆轉的程度。就像一個充滿雜質的巨大水缸，雖然又髒又混濁，但很安定。如果想改變這種狀態，重新成爲正常社會的一員，就必須把整個水缸倒過來用力晃動，濾掉雜質，不斷地蒸餾，直到變成清水爲止。有誰願意花力氣去做這種事情呢？這不僅辛苦，還需要有徹底的覺悟和深刻的努力，有這種決心和魄力的人，在整個世界上都屬於非常罕見的類型。至於改變呢？不，人是不會改變的，或許兒童、青少年，再擴大一點範圍，那些二十歲出頭的年輕人是還有可能做到。但人類基本上就是死板的函數，不管輸入什麼，出來的數值都是固定。金成坤不由自主地搖了搖頭。

這時，他的肚子發出咕嚕咕嚕的聲響，金成坤又回到無解的現實來。眞討厭，正想尋死卻因爲寒流而被迫延長生命，結果現在唯一的感覺竟然是肚子餓，這讓他感覺自己像是一個才被救上岸就伸手要飯的乞丐，眞想咒罵這個不要臉的身體。這可惡的有機體一面沉浸在思緒裡，一面又大聲地要求燃料，眞想儘快擺脫這樣的窘境，徹底化爲烏有。

這瞬間一個好點子掠過金成坤的腦海，煤球！怎麼沒想到這個呢？沒錯，只要一粒煤球就夠了，他就能溫暖而舒服地，如睡著一般不知不覺地到自己想去的地方，應該吧！

走出首爾火車站的路上，金成坤望著如月亮般高懸在市中心的閃亮亮電子看板。

「改變姿勢就能改變人生！」

陳腔濫調的椅子廣告，金成坤一時猶豫著要不要挺起腰、站直身體，但還沒等到內心傳來反駁的「那一點用都沒有！」這句話，他就一臉茫然地邁開腳步。

3

金成坤・安德烈亞順路在超市裡買了煤球和煤餅之後，坐進停放在住商大樓停車場的汽車裡。還以爲再也沒機會駕駛的這輛舊型Sonata汽車，任勞任怨地帶他到這附近後邊的一個小山坡上。通往低矮小丘的山坡旁是一片老舊住宅，這區人煙相當稀少。金成坤把燒酒整瓶倒進嘴裡，又下了車想抽最後一根菸。打火機都還沒打出火來，對向車道就有人按喇叭要他移車，搞得他想弄個臨終儀式卻一再被打斷。

「麻煩往後挪一下！」

按下車窗的男人大聲地要求。他媽的！金成坤丟掉香菸，砰地踢了輪胎一腳，這才步履蹣跚地鑽進車裡。爲什麼連這種事情都沒法隨心所欲！爲什麼死前還要讓我酒後開車！他邊喊叫邊粗暴地倒車。

對向車道的男人眼中露出驚慌，迅速踩下油門消失無蹤。看到那車裡有小孩乘坐，金成坤一陣後悔，就連哪怕只是稍微做些什麼，也想從容不迫妝點人生最後場景的念頭都徹底打消了。尋死途中屢屢受挫讓他感到無比厭煩，只想趕緊逃離人世。金成坤舉起打火機點著了煤球，望著那小小的一簇紅色火光，他懇切虔心祈求，「求求你！」他最後一次喃喃自語，「給我個了結吧！」

4

金成坤艱難地睜開眼睛，一道刺眼的強烈白光照在他身上，他正從高處往某個地方移動中。人還在車子裡，正確地說，是還在移動中的車子裡。沒人駕駛，車子竟然在動，考慮到這不是一輛自動駕駛汽車，這種事情不可能發生才對。

四周的風景無視他的意志緩慢地後退，難道說，這裡是天國？

但要說是天國，也很可疑。不時出現施工中的道路和正在修理電線桿的工人，如此粗暴凌亂的風景怎麼可能是天國；但要給這風景安上地獄的名字，又似乎太平淡。這地方說好也罷、說不好也罷，它的名字就只能叫「現實」。還有，就未能如願以償這點來看，今天的人生也和昨天沒兩樣。

金成坤一隻眼睛睜得比另一隻大，但還是皺著眉頭，開始評估這令人失望的情況。熄滅了的煤炭、敞開的後座車門，還有滾來滾去的燒酒瓶。昨晚爲了移車打開車門時，車窗沒有完全關緊，冷空氣讓車裡的空氣迅速流通，減弱了一氧化碳的威力。燒酒又溫暖了他的身體，足以讓他忘卻從門縫裡鑽進來的絲絲冰冷。

在他體溫下降之前，正好寒流快速退去，所以氣溫在不知不覺中變得比春天還溫暖。

也就是說，不管他經歷了怎樣的絕望，金成坤現在正以違規停車的醉漢身分坐在車裡被拖吊。或許有人會說這情況是不幸中的大幸，但這一幕也印證了金成坤到今天爲止過著什麼樣的生活——做事一點也不嚴謹，運氣來時掌握不住，又常常衝動地改變計畫，以致最後一切完蛋。而且時至今日，即便他已領悟到自己的這個問題，卻依舊我行我素地任憑這一切發生。

「他媽的、幹你娘、該死的、神經病！」

男人坐在被拖吊的車上邊捶方向盤邊破口大罵的怪異情景，引得路過的人紛紛抬頭看著他偷笑，只以爲他這麼罵是發洩車子被拖吊的情緒。與其中幾人目光相接的金成坤，像是放棄了似的頹然把身體靠在駕駛座的椅背上。豬腳吃到飽餐廳的人型廣告氣球活像是故意氣人般手臂晃呀晃的，嘲笑他的求死不得。

金成坤處理完拖吊車手續之後回到家——確切來說這裡不是他家，而是必須稱之爲「家」的地方。在冰冷的空間裡他煮開水，倒進杯麵裡，等不及麵泡軟就全吞進肚，然後這才多多少少安撫了像煩人警報似的飢餓感和宿醉的頭痛。照鏡子時，一張疲憊的可憐臉孔正回望著他，那是一張從未有過勝績，甚至被死亡打敗的男人臉孔。

從某種意義上來說，金成坤也算證實了一點，那就是無論他存在與否，世界還是照樣運轉。儘管受到死亡的冷落，對金成坤來說，「還活著」絕不是什麼值得慶幸或是他甘願接受的事情，因爲生活只不過是某種厭煩狀態的無限延伸而已。而且鏡中那張臉上看不到一絲光采，昨天對死亡的熾熱渴望，今天也化爲烏有。也就是說，金成坤．安德烈亞只好繼續忍耐，直到下一次死亡再度成爲他的強烈渴望爲止。

換句話說，他又被強行推回到現實生活裡。

5

在這裡，我們有必要先了解一下金成坤．安德烈亞的人生。就這麼說吧！假設你在路上不小心撞到一名中年男子，他面無表情地轉頭看你一眼，也不知是表達歉意，還是上下打量你，在含糊地點了點頭之後，他便繼續往前走。這男人的肉體彷彿被歲月一點一點吞噬了，突起的中廣大肚子、尾端斑白的頭髮，以及一臉僵硬不耐煩的表情。不管怎樣，這其實只是一件司空見慣的小事，所以眞要描述的話，除了「撞到一個看起來五十歲左右的男人」這句話之外，似乎也沒啥好說。喔不，還可以說，這男人就是一個轉過身會馬上忘了的路人甲。換句話說，金成坤．安德烈亞在即將步入人生夕陽的這個年齡層當中，就只是一個極端常見的平凡人。

那麼，他在社會上又是什麼形象呢？只要想想這種人就行——每次做事都是豪氣萬千，結果事後卻要別人替他擦屁股。這種人說好聽是有企業家的作派，講難聽一點就是先以豪言壯語武裝自己，但該穩紮穩打的時候卻採取突擊方式、該退後一步的時候卻上竄下跳、該謹慎觀望的時候卻跑得比誰都快。而且，喔不，應該說是所以，很遺憾地，這種人最後的結果就是一生中從未嘗過眞正成功的滋味。

再說到家庭方面，問題就更嚴重了。這種人非常吝於稱讚家人，說出來的話自以爲是稱讚，對方卻毫無被稱讚的感覺；抓到一點小事就不停地數落，一生氣頭一個遭殃的就是身邊最親近的人，是一個稍微低於平均值的父親和丈夫。

對，金成坤就是這種人。

當然，他也有優點。曾經有一段時間，他對某些人來說是非常特別的存在。在他很小的時候，也曾有過令人滿意、受人疼愛的時期。但現在的他可以說已經黯淡無光了，說好聽是變得普通，其實就是接近「差強人意」的狀態，至於他的優點則要努力擦亮眼睛尋找，才能勉強湊出幾個。由於以上的過程和結果都不是他想要的，所以只能說他對自己當前的情況並不滿意。

金成坤．安德烈亞的父親是服務於鐵路局的公務員，母親是家庭主婦，而他是獨生子，這在當時算是很罕見的。認眞卻死板的公務員父親，給家裡所有的事情都訂下了規矩，並且將該執行的規矩做成像火車時刻表一樣貼在牆壁上。畢業於陸軍官校的父親，最喜歡的東西就是一支銀色哨子，每次有人不守規矩，哨子就會嗶嗶嗶地發出尖銳的警告聲。這樣也嗶、那樣也嗶，頂嘴也嗶、反駁也嗶，哨子幾乎就沒有不嗶的一天。在這令人窒息的家庭裡，母親唯一的避難處就是躲到上帝聖潔的殿堂裡去。

在遙遠童年的某個春日裡，金成坤初次進入教堂是被母親，也就是崔榮順，克拉拉女士抱在懷裡帶去的，他莫名其妙地接受了洗禮，也就是在這個幼童洗禮之後，他擁有了第二個名字——安德烈亞，這是取自韓國殉教徒金大建神父[1]的教名。

然而，與母親期望相左的是，安德烈亞每次望彌撒的時候都調皮搗蛋，有一陣子他不得不待在專門為小淘氣們設置的玻璃屋裡，和其他搗蛋鬼一起遙遙地望彌撒。早知道還不如一直待在那間玻璃屋裡算了，但在以獲得組裝玩具作為交換條件的情況下，他咬牙完成了堅信禮，並且在母親克拉拉的強迫和神父的指定之下，擔任望彌撒時協助司濟的服事。從那之後，安德烈亞穿著不合身的衣服，一舉一動更受人矚目。

教堂中有些小淘氣在唱讚美歌時，只是嘴巴一張一開假裝在唱，他們被逮到了就會被送進小房間裡待著。身為服事的安德烈亞最基本的工作是，把葡萄味汽水倒滿神父的杯子，但是在彌撒過程中，如果他和那些剛從小房間裡解放出來的搗蛋鬼對上眼，他們就會做出各種各樣奇奇怪怪的鬼臉，讓安德烈亞即使忍俊不住也必須裝出一本正經的模樣，十分辛苦。

然而有一天，金成坤的母親克拉拉親眼目睹兒子比她還早起床，並且穿好了衣服跪在床頭禱告的聖潔場景，甚至還以無比柔順的表情突然改口，不再喊她「馬麻」，而是喊「母親」。看著兒子催促她早點去教堂的模樣，不用說，克拉拉一定在胸口畫了個十字，不住感謝神。從此以後，金成坤在服事角色上，也扮演得更爲莊嚴謹慎，就連神父都覺得肯定是聖靈降臨在這孩子身上，他才會變得這麼乖巧。當然，他們無從得知金成坤會有這番變化，全是爲了不久前出現在教堂的李茱熙．茱莉亞。

ㅋ 김대건，韓國天主教首位司鐸，也是第一位殉教的神父。

十二歲那年的春天，金成坤迎來了他的初戀，這個震撼足以改變他的世界觀。原本金成坤是無神論者，他之所以去教堂，純粹是因爲這段時間可以不用讀書，只要稍微忍耐做好服事的工作就可以，說穿了這其實是個可以從母親那裡拿到零用錢的打工罷了。而且，自從聽到某個小傢伙說「那個哥哥穿連身裙！」之後，服事的工作對金成坤來說，就成了穿著令人聯想到浴袍的潔白衣服、圍上紅色斗篷，在眾人面前像石像一樣站著忍受折磨的苦差事。

但是，就在一個懶洋洋的下午，當金成坤毫不由衷地唱著讚美歌，他無意間瞥見了李茱熙．茱莉亞。他屏住了呼吸，見證這世上最純潔無垢的女孩正在讚美上帝，日光透過彩繪玻璃照射進來落在茱莉亞的面紗上，下一瞬間當金成坤．安德烈亞與茱莉亞目光相接時，他不得不相信這世界有上帝。

還沒來得及和茱莉亞正式交談，他的朋友朴奎八．雅各就讓他純眞的熱情走向破滅。在小淘氣房裡認識的朴奎八，基於和金成坤的幾個重大的共同點（有獨裁的父親、虔誠的母親及對上帝的合理懷疑），而與他走得近。至於金成坤的矛盾則在於他決定相信上帝之後，朴奎八提出的一個奇妙提議。

「只把耶穌的身體賜予接受洗禮的人，不覺得有點那個嗎？明明大家都是上帝的羔羊呀！」

有一天，在教堂後院吃著棒棒冰的奎八，把碎冰塊吐出來扔掉後這樣說。當時正在瑪利亞雕像前整理蠟燭的成坤反問：

「這是什麼意思？」

「像你這樣高貴的服事人員，不是應該要幫助像我們這樣卑微的人？」

還沒有領受聖體的奎八語帶譏諷地說。成坤知道，奎八自從拒絕了「初領聖體」之後，每次望彌撒時他都會和其他小淘氣們一起瞪著那些領聖體的人。

「那也沒辦法啊。」

「辦法是人想出來的。」

奎八說完之後就對成坤說了幾句悄悄話，成坤一聽就皺起眉頭，但就算他不答應，成坤也沒法證明自己的清白，也就是他沒跟教堂這批小霸王勾結的事實。奎八一句話就把成坤浮上水面的良心壓了下去。

「一次就好！」

於是，成坤和雅各拳頭碰拳頭，代表交易成立。

時間訂在某個星期天的下午，所有彌撒結束之後，成坤領著孩子們來到一間存放聖體（麵餅）和葡萄酒的倉房。成坤穿著服事衣裳，一邊推著一個個排隊的孩子肩膀，一邊把風，這模樣讓人聯想到安排人蛇集團偷渡的蛇頭。

這時，成坤突然覺得有點不對勁，因爲這批孩子們正在叮叮噹噹地把硬幣交給站在自己前面七步遠的奎八。奎八就像個熟練的流氓一樣抓住不交錢的孩子肩膀，阻止他入場。那孩子向站在旁邊的朋友借錢遞給奎八，趕緊走進倉房裡去。

「你在幹麼？」

成坤壓低聲音喊，奎八嘖了一聲說：

「會分一點給你啦！」

「這樣不對呀，我沒打算把上帝給賣了！」

奎八一聽，指著倉庫內成排堆放的「聖水」桶、「聖體」箱，以及角落裡林立的紅葡萄酒瓶大聲咆哮。

「那你說這些是什麼？難道上帝是在工廠裡製造出來的？這些才不是上帝，不過是一些飲料和麵餅，何況我們生來就是爲了互相交易啊。」

成坤也很疑惑爲何耶穌的血和肉總是裝在袋子裡存放倉庫中，這是他同意協助眼前這椿陰謀行動的原因之一。雖然平常成坤對奎八．雅各時不時假裝放錢進捐款袋，卻反抓出一把硬幣的行爲睜一隻眼閉一隻眼，但現在奎八收錢的行爲顯然已經越線——就算上帝是用麵餅做的，也不該用錢交易。

「你給我馬上住手！」

成坤以自己的方式反擊，但話還沒說完，他就被奎八用力推了一把，倒退好幾步。

「你到外面去，給我好好把風，臭小子！」

奎八使勁把成坤推出去，用力關上房門。金成坤．安德烈亞砰砰砰地敲門，但得到的回應也只有奎八．雅各粗俗的一句話。

「你最好給我安靜地待著，被別人知道了對你一點好處都沒有。」

成坤張開的嘴唇顫抖著，到這時他才獻上遲來的祈禱。既然奎八都說了只有一次，所以他祈求上帝讓整件事能平安無災地快快結束。然而上帝的判決來得又猛又快，就在成坤提心吊膽懷著懇切的心意祈禱時，走廊盡頭傳來了腳步聲。成坤乍然睜開眼睛，一瞬間驚訝極了。是茱莉亞，連話都沒說過一次的茱莉亞，正和神父一起朝這邊走來。本該是最美的一幕，現在卻是讓人心驚肉跳，成坤在心裡苦苦哀求，但神父已經一臉狐疑地直奔他而來。成坤用身體擋住門搖了搖頭，神父卻用蠻力推開成坤，打開了倉庫的門。一瞬間，罪惡與貪婪的一幕公諸於世，孩子們將聖體當成雞蛋糕塞了滿嘴，奎八坐在老舊木梯上一面啜飲盛裝在神父金杯中的葡萄酒，一面數錢。而且，很明顯的，這一切的主謀就是金成坤．安德烈亞。

神父在胸前畫十字，用顫慄的眼神回頭看成坤。成坤不停地搖頭，等待上帝的救贖，但回應他的是茱莉亞失望的表情烙印在腦海中。

6

有如及時雨一般，成坤父親工作地點有了調動，一家人搬至京畿道北部，開始在新家的生活。已是青春期的成坤不再上教堂，茱莉亞和奎八也自然而然在他的生活中變得愈來愈模糊。這時期的成坤無論對上帝的信仰是否虔誠，也都只是一天又一天過著單調的生活。父親還是像以前一樣吹著哨子，但頻率慢慢減少，上帝庇護下的母親在家庭裡的氣焰逐漸高漲，甚至有一天瞞著父親扔掉了他工作用的哨子。

成坤沒有脫離正軌，暫且老老實實地、像其他人一樣按部就班度過了中學時期，然後進了大學。對於從未考慮過自己的夢想，只是根據成績選擇學校的成坤來說，安德烈亞這個名字也早已被他遺忘多時。

再次烙上安德烈亞之名是在大學一年級西班牙初級會話班的課程上。第一天上課他就遲到，別的同學都已經一對一組隊交談中，金成坤一面慶幸自己來得正好，一面按照講師指著最後一排座位的手勢，朝坐在角落的女學生走去，於是他就遇見了該定義爲第二次初戀的某個人。

「你好嗎？」

活潑可愛的女孩先跟他打招呼，疑問句話尾還沒揚起，每個音節就彷彿冒著清爽氣泡飄過來。成坤從沒想過外語課上要使用外國名字，但就在女孩晃著短髮說出自己名字的這一瞬間，他改變了心意。

「我是車銀香，在這裡叫卡塔莉娜。」

女孩滿臉笑容。

「英文發音是凱瑟琳，法文發音是卡特琳娜，西班牙文發音是卡塔莉娜。你叫我凱西就可以。」

女孩說了一大串之後，自己哈哈哈笑了起來。

「我，我是……」

金成坤支支吾吾了半天，才說出很久以前曾經擁有過的名字。

「安德烈亞。金成－坤－安德－烈亞！」

不知道爲什麼這話說得斷斷續續的。

「安德烈亞？這名字眞好聽！」

凱西的話讓成坤久違地回味起這個連發音都變得陌生的名字，在凱西嘻嘻哈哈的笑聲裡，成坤心中爆出了火花。整個學期他和凱西一直練習生疏而親切的對話，凱西個性爽朗，非常吸引人。她雖然擁有異國外貌和自由奔放的思想，但行爲舉止非常沉著理性，成坤不得不帶著近乎敬畏的心情來對待她。有時金成坤也搞不清楚兩人之間到底親不親近，只有一點是可以肯定的，那就是成坤喜歡凱西。

然而，就在他的西班牙語實力大有進步的時候，也就是正當他想用西班牙語委婉地向凱西告白的時候，命運又突然轉向——凱西要移民美國了。聽到凱西說要轉到美國大學就讀的消息後，成坤帶著茫然的心情默默地點了點頭。

「不知道爲什麼我一直不想告訴你這件事！」

凱西看著遠方說完這句話後，轉過身來凝視著成坤。

「爲什麼呢？」

成坤答不上來，而等著他回答的凱西在某個瞬間像大人一樣收拾好自己的表情，然後彷彿要從口袋裡掏出卡片似的，用力地伸出手來，主動要求握手。

「眞高興認識你，安德烈亞！」

成坤握住了那隻手，一個爽快又乾脆的握手。儘管成坤的心中在下雨，但他也只能笑著為凱西的未來加油打氣。從認識到分離，凱西一直都很酷。

成坤和凱西以電子郵件往來了一陣子，就在彼此自然而然地逐漸疏於聯絡的期間，成坤服完兵役回來，重新復學。

7

這段以失敗告終的愛情，最後只剩下安德烈亞這個名字烙印在成坤身上，要說打從那之後他所經歷的喜怒哀樂全伴隨著金成坤．安德烈亞這名字也不為過。不管是在酒吧打工調雞尾酒，或是拿打工存的錢去歐洲自助旅行，還是匿名在網路「千里眼」論壇上徹夜扮演另一個人，又或者以常客身分在電影猜謎聊天室（簡稱「影猜室」）裡殺時間，他一直是安德烈亞。

每當別人喊他安德烈亞的時候，彷彿就能給在現實中被金成坤之名牢牢束縛住的生活帶來一股自由的氣息。無論是童年時幼稚的出格行為，還是以生疏的西班牙語累積的「友情以上、戀人未滿」，或許都是因為有「安德烈亞」這個不同的身分才得以發生。即使他用安德烈亞之名在虛空中飛翔，還是隨時能夠以金成坤的名字回歸，重新立足於現實，這也是為何他在自我介紹時會用金成坤．安德烈亞這個名字的原因。

畢業後的第一份工作，是任職於汽車零件公司海外營業部，成坤的名片上印的是「成坤．安德烈亞．金」這個名字。英語暱稱「安迪」，在親近的法國客戶面前則會變成鼻音很重的「昂德烈」，歲月就在這樣一天過一天的時間裡慢慢流逝。金成坤在影猜室裡和蘭希展開唇槍舌戰，最後相約線下見面之後迸出了愛情火花。兩人婚後生了個孩子，金成坤在公司裡的評價和業績很不錯，資歷和資產也不斷增加，經濟條件愈來愈好，人生貌似一帆風順。

然而不知從什麼時候開始，金成坤的心中累積起一種黏膩的感覺，生活變得愈來愈無聊，今天和明天就像複印一樣一成不變，讓他懲得發慌。有一天當他終於明白，造成這種倦怠感的原因來自於「鴻圖大展的不是我，而是公司」之後，他的心就開始躁動起來。

既然知道了阻礙生活前進的理由，他只有兩個選擇——是繼續作爲公司的消耗品，或是勇敢走出去實現自己的夢想。

不知是幸還是不幸，當年的時代潮流偏向於追求新挑戰和自由自在的生活，也因此除了蘭希之外，所有人都對成坤的離職用夾雜著羨慕的眼光給予祝福。但當時金成坤・安德烈亞還年輕、熱血沸騰，所以沒能意識到鼓勵的話語和預示著幸運的偶發事件，其實是惡魔的耳語。

成坤離開公司後的第一項事業，是開一家販賣雜七雜八物品的購物商城。他野心勃勃地租了辦公室，夢想著開一家線上百貨，從指甲剪到防毒面具，只要消費者能想到的東西無所不賣。很諷刺的是，由於商品目錄過於龐雜，反而無法吸引購買者的眼光。

資金還有剩餘，他的第二次挑戰是選擇開一家使用優質咖啡豆烘焙研磨的咖啡店。但自從距離他的店面不到二十步的地方開了一間標榜高品質的平價連鎖咖啡館之後，他的店就無疾而終。金成坤暫時休息了一段時間之後，又挑戰被視爲潛力十足的 3D 列印事業，但這次則是因爲資訊不足，投入的錢都打水漂了。

即使情況如此，他還是沒放棄，周圍的人開始叫他「不倒翁」，對他不斷挑戰新目標，甚至做生意上癮的行徑開始嗤之以鼻。金成坤跌倒了就再站起來，失敗了又會自豪地重新開始，只是這樣的周期變得愈來愈短，而束手無策的時間則是愈來愈長，但他一心想東山再起的念頭絲毫沒有改變。

不過，在一次次重振旗鼓的過程中還藏著陷阱，金成坤其實從沒好好反省過關鍵因素，他只認爲自己已經從失敗中記取了教訓，但事實上卻非如此。金成坤太性急了，他只會用「無論如何這次絕對非成功不可」之類的話來督促、鞭策自己，卻沒能耐心地進行反省和回顧。只要從哪裡聽了什麼消息，他就急匆匆地投進去，一旦失敗就狡辯說「難怪我一直覺得哪裡怪怪的！」，藉此安慰自己。

積攢下來的錢隨著歲月流逝而消失無蹤，成坤的臉上也慢慢刻下了一路經歷過的風霜雪雨。無數個苦悶的夜晚製造出來的皺紋、對人們充滿懷疑的冷漠眼神和粗魯的態度，在在都讓他顯得愈來愈粗暴。

金成坤這輩子都一直很努力，他馬不停蹄地朝著令他怦然心動的夢想前進，爲了明天奉獻出今天，我們又怎麼能指責這個不想安於現狀，一直努力掙扎的人呢？

偶爾，他也有過非常接近目標的時候，但成果都沒能維持多久，針對這種狀態有另一個說法就叫做「失敗」。就這樣，成坤在名爲「人生」這個傢伙的作弄之下，每當他的決心受挫、意志動搖或達到極限遭遇阻礙時，就改變方向，轉去挑戰另一個新的項目。而如此全力奔跑的過程中，他的過往成了一堆晦澀難懂的痕跡，還不如揉成一團扔了算了。

然後，就像一般人那樣，他開始把所有不好的事情都歸咎到別人身上。怪往來交易店家的老闆、怪有本事的人才能成功的制度、怪世上充滿了騙子和小偷、怪這該死的人生。每次努力落空的時候，這類想法就如雜亂地落在燭台底座的燭淚一樣，層層累積起來，讓他更加堅信不移。而且，隨著金成坤的這種想法一層層疊加上去，他也在不知不覺間慢慢變成一個沒啥指望的人。

然而，即使看似晦暗的人生，也有機會來敲門的時候。但這敲門聲如果太小、太隱晦，不夠敏感的人很容易就會錯過。

以金成坤．安德烈亞的情況來說，機會的喁喁細語就是那天他離開漢江來到首爾火車站裡聽見的「改變」兩字。這個聽過無數次、聽到不想再聽、隨處都聽得到的平凡單詞，那天晚上，莫名其妙地像種子一樣鑽進了他的耳朵裡，從此生根發芽。

怎麼會發生這種事呢？

像金成坤這種既遲鈍又滿腹牢騷的人，是如何察覺到機會微弱的敲門聲呢？

或許只是個偶然罷了。

但是說不定因爲金成坤，也就是安德烈亞，正在內心深淵裡放聲吶喊的緣故——

「此刻是你能眞正改變的最後機會了！」

8

成坤打起精神四下看了看，一扇有陽光可以短暫照進來的小窗、一張鐵製書桌、不知道從哪撿回來的一張行軍床，還有靠牆高高堆起的、令他又愛又恨的一堆紙箱。

一看到這堆像塔一樣高的紙箱，胸口中央就咕嚕咕嚕地沸騰。當初野心勃勃弄來的東西，轉眼就成了廢物。新冠疫情猖獗初期掀起口罩亂象的時候，他眼睛一亮做起了口罩生意，本來以爲會是一個大發利市的商品，沒想到等著他的卻是遲了一步、成了馬後炮的囤貨。

就在高價預付的口罩逐漸失去作用的期間，唯一出現變化的只有他逐漸升高的血壓和愈來愈窄的血管。這些口罩都是以高於市價的價格進貨，但現在搶購口罩的風潮眼看即將過去。當初成坤爲了做這項生意而從家裡搬出來，現在卻沒有人願意付高價購買他的口罩。「這次眞的是最後一次」雖是個好藉口，其代價卻是近乎分居的生活。家庭經濟走下坡，他也被剝奪了重新回家的機會。

成坤決定分析一下他的資產應該扣掉什麼，首先是股票二億韓元、貸款三億五千萬韓元，除此之外還有一些瑣碎的金額約七千萬韓元。加起來共多少呢？他放棄了計算。

感覺就像掉進了泥沼。

金成坤頓時怒火中燒，一把推倒紙箱。隨著砰砰作響的聲音，沒什麼重量的紙箱掉落在地，這一瞬間，他心中像是有什麼炸裂開來。他有如發怒的火雞般怪叫著推倒紙箱，並開始隨手亂扔從沒封好的紙箱中散落的口罩。對沒能抓住的死亡的迷戀和曾將他帶到死亡門檻的那份情感，再次找上了這個軟弱可憐的男人。他明明下定了決心，與其掉進這樣的泥沼，還不如掉進漢江裡算了，可是今天竟然又清醒地面對現實的詛咒！

金成坤癱坐在紙箱中間嚎啕大哭，幸虧屋裡沒別人，不然這場面眞是夠難看了。一個魁梧大漢捶地痛哭，四處亂扔比羽毛還輕的口罩，這跟糖果被搶的孩子坐在大賣場地板耍賴，頗為相像。

抱著豁出去的心情，金成坤哭得更肆無忌憚，連口水都從嘴裡流了出來，然後嘶地一聲，像回收拋出去的溜溜球一樣，在口水觸及地板之前又吸了回來。就在他微微抬起頭來的時候，他從靠牆放的畫框玻璃看到自己映在上面的模樣。那個畫框裡裝的是他最喜歡的電影《鳥人》的海報。

孤獨鳥人赤身蜷縮蹲地凝望月光，在他左側那片巨大陰影裡，映照出一名男人坐在地上伸著肥短雙腿嗚咽抽泣。男人一頭亂髮，啤酒肚凸懸腰際，陰沉沉的一張臉看來十分嚇人。和那男人四目相接的金成坤停下動作，連視線都忘記移開，只是吸了幾口氣，繼續狐疑地看著畫框中的男人。那人和鳥人削瘦身形與渴望飛翔的淒涼眼神，形成了鮮明的對比。金成坤繃著臉朝畫框接近，朝著鳥人旁邊的影子，也就是朝著他自己爬過去。這影子值得他靠近一點看個究竟。

他一靠近，畫框變得更暗，有如鏡子一樣清晰映照出他的身影。

眞醜！

這話就像掛在大門上的鈴鐺一樣，自然而然在他腦海中響起。金成坤慢慢放鬆臉上的肌肉，不過即便嚇人的表情消失了，腦海裡的鈴鐺聲依然叮叮噹噹清脆地響個不停。

眞．醜！

金成坤把《鳥人》的海報畫框放到桌上，適當地調整角度和距離之後，退開了幾步。同時間他想起「如今回來站在鏡子前」，「這段知名詩句。成坤屏住氣慢慢側過身體，不由自主地放鬆了緊縮的肌肉，腹部沉甸甸的贅肉立刻砰地垮下來。

金成坤沉浸在思緒裡，來回走了幾步，突然在桌子前坐下來。

剛才還掌控著他的狂躁情緒倏忽消失無蹤，他茫然地想尋找什麼似的，開啓手機裡的相簿，但那裡面只有截圖下來的新聞報導、股市大盤指數、匯款收據和莫名其妙拍下的荒涼風景照。成坤放下手機，打開筆記型電腦的電源，開始搜尋雲端硬碟。

找出遺忘的密碼，恢復休眠帳戶，經過分享手機資訊等繁瑣程序之後，金成坤慢慢步入過去。幾乎要被遺忘的照片證明了他的歷史，離現在愈遙遠，畫面裡的男人就愈年輕，也愈苗條，臉上泛著紅光，肌膚平滑沒有皺紋。金成坤懷著強烈的好奇心，專注在這意想不到的時光旅行中，直到最後一個畫面抓住了他的視線。

一個身材相當修長挺拔的年輕男人穿著運動褲和運動背心，抱著女兒正看著鏡子。手臂上肌肉適中、腰身挺直，蓬鬆的頭髮給人一種不受任何拘束的自由感覺，就連參差不齊的鬍鬚勾勒出來的下顎線條也顯得很迷人。美麗的妻子笑容滿面倚在他身側，他手上抱著的鬈髮女娃揚著下巴，笑得比陽光更燦爛。如果要參加以「幸福家庭」爲主題的攝影大賽，這張照片就非常合適。

「這人是我嗎？」

金成坤備受衝擊地反問自己：「我也曾有過這樣的時光嗎？」和現在相比，所有的一切都改變了，而且是完全如字面所說——所。有。的。一。切。

如果是其他時候，金成坤可能會拿過去的照片來對比現在的悲慘處境，沉浸在絕望的心情中。但不知道爲何，他產生了一探究竟的奇妙想法。金成坤仔細觀

ㅋ 這段詩句出自韓國名詩人徐廷柱的〈菊花旁〉（국화 옆에서）。

察照片裡的各個角落，從表情、氣氛，甚至是從一側射進來的光線，都堪稱完美。

金成坤的心中萌生出他從未夢想過的願望——

我想成爲照片中的那個男人。

9

那天是女兒雅瑩三歲生日，成坤一家已經預定了以《綠野仙蹤》的膽小獅子爲主角的音樂劇。然而，就在離開家之前，他們接到了一個不愉快的消息，說是由於演員的個人行程緣故，當天的演出取消了。原本滿懷期待的雅瑩哇一聲嚎啕大哭，雖然蘭希一直哄她、安撫她，但世上似乎沒有什麼東西可以停止雅瑩的啼哭。

這時候，正好成坤剛洗完臉出來，就把頭髮弄得像獅子一樣亂蓬蓬地，還說因爲等等無法在舞台上相會，所以直接過來家裡拜訪，並對著雅瑩發出可笑的獅吼聲。

然後他一把抱起雙眼圓睜的雅瑩，用手臂盪鞦韆，好幾次像飛起來一樣把孩子舉向半空。雅瑩彷彿根本沒哭過一般發出天眞燦爛的笑聲，響徹整個屋子。

一直在旁靜靜望著這情景的蘭希，輕輕走了過來，倚在成坤身邊，伸長手舉起手機拍照。

那時候，他以爲這只是個沒什麼特別的一天，當時的他還不知道完美時刻總是融入在平凡的日常之中。

10

成坤將蒙了一層灰的印表機連上筆記型電腦，這台買了超過十年的印表機十分熟練地無聲列印出他成功和失敗的指標。他將照片以彩色列印在Ａ３尺寸的白紙上，又拿出入住前就已塞進儲藏室的全身鏡掛上牆。他舉著那張還熱呼呼的紙站在鏡子前，盡最大的努力嘗試做出和照片中男人相仿的姿態。

他把當靠墊用的陳舊蜜蜂玩偶抱在手裡，假裝是照片中的小雅瑩，還扭著身子盡可能依著照片裡的姿勢調整腰部角度。然後像照片中的男人，也就是過去的自己一樣，盡可能地露出燦爛笑容。由於照片中拍下的不是笑容，而是爆出笑聲的一瞬間，因此成坤勉強假笑幾聲，好不容易才用舉起的手機對著鏡子按下幾次快門。終於能鬆口氣了，肚子上的贅肉又一下子垮下來。一旦放鬆，他就開始呼呼地喘個不停，沒想到連模仿自己都這麼累！成坤喘氣喘到肩膀一聳一聳，喃喃自語地說，「果然還是現在這樣子舒服，就照這副德性過日子吧，就這副德性！」

金成坤喪氣癱坐在椅子上，剛才做出的行爲並沒有什麼目的或意義，只是想確認與過去的自己相比，到底有了怎樣的變化，差異又有多大。

他從剛剛拍的照片裡選出沒那麼模糊的幾張列印在 A3 紙上，然後和十二年前的照片並排放在一起觀察。嗯，金成坤低聲慨嘆，這不是一個愉快的經驗。

首先，雅瑩和蘭希對他的漠視，就等於這兩個女人從他的人生消失了。或許該說自己從這兩個女人的人生中消失更爲貼切。而且過去他們一家人有間雖然不大但很舒適的房子。當然，這間房子也早就不見了。除此之外，那時他們似乎擁有很多東西，至於到底是哪些東西，成坤不想一一分辨。

如果說當時的成坤是在向陽處感受輕柔和風，那麼現在的他就是在黑漆漆的宇宙空間裡獨自泅泳，他愈想愈悲哀。

成坤搖搖頭，不想再比較過去和現在的「處境」，決定只比較照片中「呈現的事實」。就像觀察實驗結果的研究員一樣，金成坤來回對照兩張照片，小聲地嘀咕著。

「老了老了，頭髮都……掉光了……變得稍微，稍微有點……醜。」

明明是從自己嘴裡說出來的話，但他卻像偷聽到別人說他壞話一樣火冒三丈。我承認，我都承認。沒錯，從外表到處境全都變了，這點我承認。但難道就沒有什麼可以改變的地方嗎？眞的一個都沒有嗎？就眞的沒有一個地方是我可以改變的嗎？

金成坤像要破解最後的祕密一般，把兩張紙重疊，舉起來對著從窗戶透進來的陽光。過去的他和現在的他在逆光中輪廓重疊了，當表情和周圍景況都蓋在一起之後，兩個人物的差別一覽無遺。個子稍微矮了一點、臉部稜角圓潤了，還有腰，正確來說應該是姿勢，也就是說，駝了的背、蜷縮的肩和前傾的脖子。

腰、背、肩膀、脖子……沒錯，是姿勢。

金成坤歪著頭想，如果就這一點來看，應該可以糾正吧，這似乎是目前值得嘗試的事情裡，最簡單也是最快能見效的。他再次站在鏡子前挺直背部，然後吃驚地發現就連做出這個動作也不是那麼容易的事。光是把背挺直而已，腰就痠了起來，還要用力收小腹，氣都憋在喉頭，身體又痠又痛，難受死了！隨著一口氣呼出來，肩膀又垂了下來。這麼做到底有什麼用呀？

金成坤落回到熟悉的心情，也就是不知不覺間成了他自身一部分的自我厭棄狀態。他攤開手腳坐在椅子上，大口喘著氣。筆記型電腦畫面上排滿了數不清的縮圖，金成坤面無表情地向下滾動滑鼠，昔日的照片和影片悄然掠過眼前。他的手慢慢停了下來，這瞬間金成坤的視線被一張小小的縮圖攫住，那一方小小格子圍住雅瑩燦笑的臉。金成坤點開檔案，用顫抖的手按下播放鍵。畫面一開始播放，咯咯咯笑開懷的聲音宛如匕首般刺入他的胸膛。這是和稍早看到的照片同一天拍的，也就是雅瑩生日那天的傍晚。

影片是從蘭希的視角拍攝，成坤正點燃放在雅瑩面前的鮮奶油草莓蛋糕上的蠟燭。四根蠟燭亮起之後，三個人開始唱生日快樂歌。雅瑩成功吹滅蠟燭之後，仰起驕傲又滿足的臉來回望著爸媽。成坤用手沾了一點鮮奶油抹在雅瑩鼻子上，雅瑩可愛地皺著眉笑了起來，隨即用叉子叉起蛋糕上的草莓遞給成坤。

「把拔吃。」

成坤避開雅瑩的叉子，當時的他並不喜歡吃草莓。

「沒關係，雅瑩吃就好。」

「你吃嘛，把拔！」

比同齡孩子更快學會說話的雅瑩絲毫不肯退讓。成坤「阿姆」一聲避開叉子做出吃了下去的樣子，但雅瑩還是堅定地舉著叉子湊到成坤嘴前，最後成坤只好坦白承認。

「雅瑩呀，把拔不喜歡吃草莓。」

「吃吃看嘛，很好吃喔！」

雅瑩反覆說著同樣的話，但無關對子女的愛，他就是不喜歡草莓那吃起來軟軟爛爛的感覺和酸酸的味道、粗糙的種籽。他一直搞不懂爲什麼草莓這種水果會受人喜愛，「妳怎麼就買了個草莓蛋糕回來？」他向蘭希抱怨。

「把拔不吃哦，吃了會呃——死掉掉！」

「才不是呢，把拔說他沒有對草莓過敏，只是不喜歡吃而已。馬麻妳眞是的！」

蘭希聳聳肩，成坤尷尬極了。看來再這麼糾纏下去，這個生日的夜晚就會充滿哭聲。

「因爲你不喜歡吃，所以才吃不下去。吃一次看看嘛，今天是我的生日！」

面對雅瑩的最後通牒，成坤只好閉緊雙眼，張開嘴巴啊一聲吃掉了草莓。酸酸甜甜的塊狀物在嘴裡碎開，草莓籽嚼在嘴裡的聲音太響亮了。

然後──

「咦，這東西比想像中來得好吃！」

畫面中的成坤這麼說，雅瑩笑得更開懷了。

「眞有意思，我第一次吃到這麼好吃的草莓。」

成坤用叉子叉叉了一顆草莓說，他記得這是第一次他用自己的手拿起草莓。

「你看！我說的沒錯吧？」

雅瑩用口齒不清的發音慢條斯理地說。

「你只要改一改想法，不是不能吃，是沒吃過。」

「OK，改一改想法就對了？」

成坤把手指放在兩側太陽穴旁邊轉圈圈，逗趣地發出「嗶哩嗶哩、嗶哩哩」的聲音。然後像個故障的機器人一樣歪了幾次頭，翻了個白眼，臉朝下發出一聲長長的嗶聲之後，又慢慢抬起頭來。

「改好了！」

他笑得格外燦爛，但雅瑩還是一臉認眞的表情。

「只改想法還不行喔，把拔！」

雅瑩很嚴肅地說：

「連行爲都要改！」

雅瑩說完話又把草莓送到成坤面前，成坤二話不說張開嘴又吃了一個草莓，女兒的臉上這才浮現既天眞又完美的笑容。影片裡雅瑩搶過手機，對著他和蘭希一面拍照一面問：

「馬麻，妳爲什麼喜歡把拔？」

成坤把手合攏像喇叭一樣靠在耳朵上，做出等待蘭希說話的姿勢。蘭希沒辦法只好開口說話。

「首先，妳把拔長得很好看……」

一聽這話，成坤和雅瑩都笑了出來。

「然後，他很善良，很親切，很帥氣。」

「哇，簡直是宇宙最棒的男子漢！」

「那當然，我就是宇宙最棒的男子漢！」

年輕的成坤豪邁地笑著說。

成坤看了又看這段十二年前拍的影片。如果一生中只能選擇活一天的話，他想選擇的就是那一天。要是能永遠過著跟那天一樣的生活該有多好，他趴在桌上熱淚橫流，難道自己這一路走來，只是爲了走到現在這樣的處境嗎？太讓人難過了！

11

成坤來到儂特利，點了一份炸薯條，在窗邊位置坐下。一轉頭，就看到自己的身影映在窗玻璃上。浮腫的臉、蓬亂的髮、渾圓的肩膀和下垂的肚子，一個寒酸、平庸，膽小，甚至在死亡門檻前也碰了釘子的男人，他現在完全是人家一提「魯蛇」兩個字，腦海裡就會描繪出來的模樣。

但是！

金成坤瞪了自己一眼，他並不是從一開始就是這副模樣的。

也就是說，現在是到了該好好檢討的時候了。

金成坤拿起薯條沾番茄醬吃，突然看到掉在地板上的一支筆，八成是剛才坐在旁邊讀書的學生離開時不小心掉的吧。金成坤撿起筆，起身想拿過去交給店員，卻又坐了回來。接著將墊在托盤上的套餐介紹單翻個面，開始逐條寫下自己的現狀。

年齡、社會地位、負債情況，金成坤接連寫下對自己的客觀性描述，這是給他自己看的失敗履歷表。他每寫一個字，就像給自己打上一個烙印般痛苦，寫不到幾個字就已經想刷刷刷地全塗掉算了。實際上，成坤是打算要抓起紙張揉掉的，但隨後他裁下半張紙，以無比端正的字體開始記錄。直到發現自己掉了筆的學生回頭來找，開始用懷疑的目光打量這個拿自己原子筆寫字的男人時，金成坤才寫完了便條，並帶著抱歉的眼神恭敬地將筆還給了學生。

成坤仔細瀏覽寫在紙上的文字，幸好沒有更多需要寫下來的東西。坦白說，這裡面似乎沒有一項是可以靠自己的力量改變的，從不可抗力的年齡、無業狀態的社會地位，到負數的資產，這是任何聰明人都無法即刻改變的現況。他邊看邊忍不住嘆了一口氣。

其實，這並不是他第一次試圖改變或改善什麼了。金成坤曾經按照勵志短片或自我啓發書籍裡看到的方針試過好幾次，譬如早上起床先從疊被子或整理書桌做起，又或是每天單單只做一個仰臥起坐等等，另外也試過把「凌晨四點起床才能擁有全世界」這類建議應用在實際生活上。但是他缺乏恆心，所以仍舊是那個一成不變的金成坤。

要疊棉被嘛，整晚被汗水和代謝物質弄得潮呼呼的被子裡面不知道藏了多少細菌，金成坤想起了某健身專業雜誌裡報導過棉被不要疊的文章，於是便拿這當藉口不疊了。

要整理書桌嘛，每次整理完就全身脫力，沒法工作，直到他檢索到「愛因斯坦的書桌」之後，就更加心安理得地不整理了。

做一個仰臥起坐嘛，顧名思義，他做完一個之後就再也不想做了。

幾次努力凌晨四點起床後，他毫無收穫，只有整個人昏昏沉沉地，在太陽升起前又睡了過去，結果反倒攪亂一天的行程。換句話說，這種做法完全不適合他。

比起心態或決心這種捉摸不定的東西，金成坤一直認爲應該先從實實在在的東西開始改變，比方說身體的某個部位。但就連這點嘗試，對金成坤來說也是遙不可及。活到現在，光是他交了錢沒去的健身俱樂部會員卡就累積超過五張，一想到「運動」兩個字，就已經喘不過氣來。就算他沒頭沒腦地發想了一個遠大的計畫，也會如同徒勞無功的新年新計畫一樣，三天打漁兩天曬網，最後結果也是可想而知的以失敗告終。

金成坤想起了某天在 YouTube 上看到的「三秒內平息不安感」的片段，這是指導過包括歐巴馬總統在內的多位世界級知名人士的導師所拍攝的短片，點擊率相當驚人。內容很短、很簡單，只要閉上眼睛深呼吸，然後慢慢吐氣，馬上可以消除不安。

金成坤走出儂特利，站在大樓轉角處試著這麼做。但吸進鼻子裡的就只有對現況不滿的負面情緒、恐懼，以及寒冬中無情的冷空氣而已。成坤雙目緊閉後，眼前浮現的是昨天黑色江水散發惡臭並滾滾翻湧的景象，他像要驅趕厄運似的用力噴出粗重的鼻息，嘴裡含混地抱怨著，邁開了腳步。別人的建議像是不合用的拼圖碎片，還是得靠自己找出適合自己的方法。

12

金成坤回到商用套房裡，雖然他很想搬離，但當初像是最後一次煙花盛放般，整個人幹勁十足，於是預繳了好幾個月的房租，如今房東人在國外，想聯絡也聯絡不上，根本沒法馬上拿回押金，況且自己現在也跟被趕出家門沒兩樣，所以他幾乎可算是無家可歸，只能暫時在此棲身。

成坤脫掉上衣，抱著蜜蜂玩偶，再次擺出和十二年前的照片相像的姿勢。雖然絕對不可能相像，但好歹先試了再說。揉了揉眼睛仔細一看，至少可以知道是同一個人。金成坤努力忽視年齡、外貌和抱在懷裡的對象這些寫滿哀傷的事實，努力挺直脊梁，想和過去的自己更相像一點。照片中的男人年輕、富裕、和藹可親，也備受家人關愛。那男人直挺挺的背脊，甚至不是爲了挺直才努力挺起來的，而是表露出他的幸福、年輕和自信。相反地，現在努力想模仿那男人的成坤，打直的背脊卻是呈現他費盡全力支撐自己的模樣。無論如何，金成坤咬緊牙根堅持了幾秒鐘，僅僅這樣做就讓他有種和照片中的自己是同一個人的感覺。

於是，奇妙的事情發生了！

在他心底的某個角落裡萌生出一股難以言喻的挑戰渴望。金成坤下定決心，要把端正姿勢當成首要任務，他要忘掉其他的一切，只以這件事爲唯一目標。此刻的成坤還不知道，這個微不足道的決心是他最後大膽踏出征途的第一步。

13

現在好歹得做點什麼來解決生計問題，金成坤・安德烈亞決定從入門門檻低的美食外送做起。商務套房的走廊上像靜物般靠牆停放的一輛舊腳踏車，就是他的救援投手。成坤一面擦拭腳踏車上的厚厚灰塵，一面嘆氣。要是負擔得起費用，能租一輛一二五ＣＣ的機車，那該有多好。他雖然夢想過有朝一日達到令自己滿意的成功程度之後，要加入哈雷重機同好會，但實現這個夢想的可能性似乎極低。金成坤騎上腳踏車在附近繞了一圈，確實感受厚重的踏板和帶有手指凹槽的把手粗糙的觸感。寒冷空氣從衣領縫隙鑽了進去，這是為了生存不得不承受的觸感和溫度。

工作並不輕鬆，必須在寒風中全身顫抖坐在腳踏車上無止境地等待呼叫通知。當他還在猶豫不決斟酌各種條件時，眼前的派單一下子就被搶走。萬一看錯目的地棟號，把食物放在別人家門口的話，還會收到客訴。他也曾因為電梯每層都停，怕趕不上預定送達時間而出了一身冷汗；或是因為沒考量到食物的特性，客人收到變得一片狼藉的餐點後拍照上傳，讓他感到不知所措。他甚至曾碰到一個把美食外送當興趣的賓士車主，跟對方攀談後，愈聊愈覺得自己悲慘可憐。才不過兩星期的時間，成坤就已經歷了以上種種。

但是把熱呼呼的食物放在某人家門口這種工作，大體上來說還是很輕鬆的，幾乎沒碰上和別人發生衝突或有人認出自己的情況，就連客訴和索賠也是透過留言或簡訊來傳達。最接近面對面情況的，頂多就是電話通話，對於曾經被上司當面丟文件夾砸到腦袋的成坤來說，這種程度的窘境他完全不當一回事。

當大家都停在交通號誌前，等到綠燈亮起，所有人都轟轟轟向前衝時，金成坤·安德烈亞只能用兩條腿踩著腳踏車慢慢起步。街上的同事，也可說是競爭者的其他外送員，看著奮力踩舊腳踏車的金成坤，有時會覺得他很可憐，有時又會看看自己昂貴的愛車而顯出一臉得意，但金成坤依然默默按照自己的速度前進，既然沒錢，就要勞動身體，就算慢一點也要往前走。

靠著腳踏車外送，金成坤的活動半徑只能維持在一公里以內。隨著他慢慢熟悉這範圍內林立的各餐館特色，並且從既是同事也是競爭者的其他餐點外送員那裡學到訣竅之後，成坤逐漸習慣這個生活方式。他不只學到了運送不同食物種類該掌握的訣竅，還有閒暇向路上的同行們點頭致意。

成坤看到馬路上川流不息的摩托車隊伍，有時會忍不住肅然起敬，他深切感受到大家都是爲了餬口才這麼辛苦的。每個人都在某個地方做著什麼事情，但想做什麼就得吃飯；既然活著，到了該吃飯的時候就會想吃飯。然而這種迫切又令人喘不過氣來的本能，卻被派單待機聲給取代，此起彼落的通知響個不停。接單的欲望讓金成坤一面聞著世界各國的美食味道，一面穿梭在大街小巷之間，甚至忙到自己忘了吃飯。當一個人四處奔波時，就沒有多餘的時間留給思考、深慮、雜念和煩惱。成坤從這件工作學到的是，生活不會因爲個人的煩惱而停止前進。

有些日子工作很忙碌，但也有很多日子投入的時間和所得完全不成比例。這樣的工作存不了錢，但至少總算是一天過一天活了下來。想工作就出去工作，想回家就結束工作，金成坤回到商務套房，讓在寒風裡凍僵的身體安躺在床上，不一會兒就睡著了。肉體的工作確實會蒸發掉精神，成坤需要這種自發性的折磨。

端正姿勢的目標在專心工作期間不時遭遇挫折，當他覺得自己忙得無暇理會這事的時候，卻總在不經意間從電梯鏡子裡，迎面看到一個慣性彎腰駝背的男人在等著他。即使他趕緊調整好姿勢，但在繁忙的日常工作中猛地回神一看，他的背又駝了，肩膀又朝內蜷縮，整個人面朝下，脖子無力下垂，看起來就像埋在雙臂中間一樣。

成坤決定找張方格紙貼在牆上做紀錄，如果維持不了一整天的話，至少也要維持最低限度，一天「挺起胸膛、伸直背脊」五分鐘，每次一分鐘，共五次！而每次做完這個機械式的步驟，再在方格紙裡塗滿一個長條，他就已經是全身汗流浹背，甚至時常在一口氣做完五次以後就直挺挺地躺下去。

就這樣以新工作和新習慣開始新生活的第二個月，貼在牆上的方格紙不知不覺間排滿了一列列的長條。有一天，成坤在儂特利等待派單的時候，突然想寫點筆記，他拿起原子筆，翻過托盤上的紙，記下這段期間裡發生的變化。

暫且決定活下來，減重〇・二公斤，
正努力端正姿勢中。

而這期間賺到的錢少到要記下來都覺得丟臉，變化與預期相比可說微乎其微。開頭充滿活力的字體，到了最後以潦草筆劃收場。但在失望滲進身體之前，成坤就像使出防禦動作一樣，調整姿勢，端正坐好，他在紙上又繼續寫了幾個字。

腰往上、肩往下、背在中間。

回到原點！

金成坤出聲讀出剛才寫下的字，才減少了一些被人生和歲月欺騙的感覺，因爲這些話不是朝向過去，而是通往未來的簡單口號。

有些想法，想多了會傷身；有些煩惱，直接導致絕望。所以有時候，在不好的想法滲進身體之前，成坤就會在心裡吶喊：

——腰往上、肩往下、背在中間。回到原點！

這段獨特的吶喊也成了支撐金成坤・安德烈亞度過每一天的簡短禱文，而生活正指引著他與一段被遺忘的因緣重逢。

第二章

靈魂的抽屜

14

再次見到金成坤的時候，韓鎮錫忍不住懷疑自己怎麼會認識這麼奇怪的男人。好吧，要說奇怪，鎮錫自己也不是什麼普通人，而他也是因爲這個原因才居無定所的。

那天在電梯裡，鎮錫和另外兩個餐點外送員、一位宅配司機總共四個人搭乘。到大型建築物送貨時，經常可以見到電梯裡擠滿外送員，也因此電梯裡的爆炒鳳爪、滷豬腳、炸雞香味非常融洽，喔不，其實是非常噁心地混合在一起。三個外送員避讓著宅配司機堆滿層層紙箱的推車，彼此幾近貼身站立。

站在鎮錫旁邊有點胖胖的外送員，爲了護住繩子斷掉的口罩，每隔兩秒就往上提一提。鎮錫因此看到了他的臉，並在一瞬間張大眼睛，又連忙轉過頭去。

鎮錫和那男人在同一層下了電梯，分別朝相反的方向而去。但送餐完成後，鎮錫又在電梯前碰到了那個人。鎮錫轉過身故意不理他，但透過銀光閃閃的電梯門，他感覺到那男人盯著自己看。最後，低沉又熟悉的嗓音響起。

「你不是鎮錫嗎？」

鎮錫錯過了抵賴的時機，而和鎮錫四目相接的男人似乎也很後悔和他打招呼。

「嘖！」兩人心中大概都同時響起這一聲吧。就這樣，鎮錫和雇用過他的披薩店老闆，在時隔三年之後，以同樣是餐點外送員的身分相遇了。

15

過了幾天，兩人又在漢堡王再度碰面了。那天老闆雖然問了聯絡方式，但鎮錫只當他是客套話，完全沒想到老闆真的會打電話來，於是兩人又見面了。不過老闆在提議見面時，還提到一件東西，這是鎮錫長久以來都很珍惜的物品，有取回的價值。

鎮錫打開門，就看到等待多時的前任老闆。鎮錫一走過來，老闆馬上誇張地欠了欠身子，迎接鎮錫的到來。

「吃飯了嗎？要不要給你點個套餐？」

「不用了，我不太喜歡吃漢堡。」鎮錫說。

「太好了！」

不自覺地自言自語之後，成坤馬上再補充一句：「我的意思是說，我也不餓！」但鎮錫早就看出來了，這位前任老闆八成已經破產。從他的穿著打扮和氣質來看，也別奢望他能請喝一杯可樂了。

鎮錫仔細觀察坐在眼前的男人，才短短三年前而已，他還是個在鬧市裡開披薩店的老闆。直到披薩店倒閉之前，鎮錫一直在那裡工作。

前任老闆舔舔嘴說。

「沒想到會在這裡遇見吧？」

「有點意外。」

鎮錫含糊地說。他一向不習慣和別人交談，但也同樣不懂得說謊。

「坦白說，我沒想到您會和我聯絡。」

「是呀，交換電話號碼這種事大部分的人都只是形式上問問而已。不過，該怎麼說呢，我已經很久沒有跟人說些像樣的話了，又難得遇見你，所以是因爲高興吧！」

老闆說了一堆毫無意義的話，鎮錫偷偷瞟了他一眼，覺得他說的內容沒什麼特別，語氣又像在辯解一樣，實在很可疑。

不會是想借錢吧？乍看之下，眼睛裡好像還噙著淚水，應該是巧合吧。人家說年紀大了，眼淚就會變多，應該是這樣吧？還是說他躲債躲到這種窮酸的地步？鎮錫斟酌著各種可能的情況。不管怎樣，就鎮錫的閱歷，他是不可能理解這種大叔年紀的男人。

「你呀，怎麼會做這種工作呢？」

鎮錫認爲，只有本質上愛倚老賣老的老傢伙才會假裝親切地推心置腹問出這種沒禮貌的問題。前老闆就像面試官一樣，拋出了暴露這種特質的問題。

「沒什麼呀，做起來簡單，也不顯眼。」

「我也是！」

老闆說。鎮錫不想讓老闆再說下去，趕緊開口說：

「您把東西給我吧，我馬上要走了。老實說，我有點忙。」

前老闆一邊喃喃自語地說「喔，對呀，對呀！」，一邊慢吞吞地從背包裡拿出東西來。那是一捲杜蘭杜蘭合唱團在一九八二年發行第二張專輯的卡式錄音帶。鎮錫想起了在披薩店裡聽著杜蘭杜蘭合唱團的時光，但隨即他冷汗直流，只想快點離開這個地方。

鎮錫是八〇年代流行音樂的愛好者，他熟悉八〇年代 Billboard 排行榜上所有樂團的歌曲和歷史，包括樂團各成員的特徵和八卦、傳聞、謠言等。閒來沒事他就會上納木維基[註]，以註釋的方式添加自己所知道的故事趣聞。在如今復古風氣盛行的時代，這種嗜好乍看之下似乎很有魅力，但對他來說卻成了致命傷害。

鎭錫被當成了怪胎異類，就只因爲他喜歡的不是皇后樂團或麥可・傑克森，而是喬治男孩、寶拉・阿巴杜、黛比・吉布森和憂鬱藍調合唱團。還有，他平時大多沉默寡言，但只要講起有關歌手或歌曲的話題，就會像機關槍一樣滔滔不絕說個不停，引來別人的異樣眼光，於是他也慢慢不再表露自己的狂熱。

可是呢，無論去什麼地方，只要有鎭錫在，其他人之間就會變得很親近，就連在披薩店那時，鎭錫也像過去一樣遭受排擠。二十多歲的年輕人到了學校以外的地方還在拉幫結派，排擠別人，這確實令人失望。而且還不是因爲某人多討厭、多壞，就僅僅只是對方與眾不同，不過只要他們認定某人很奇怪，決心避開對方的話，就眞的一點辦法也沒有了。鎭錫的情況是，他原本性格就很內向，再加上他狂熱的嗜好遇上「圈外人」這個萬用無敵的標籤[註]，就把他逼到了更深的角落去。

大部分二十出頭的員工都對成坤很冷淡，覺得他是個老愛自認是「圈內人」

又好管閒事的中年大叔，那幫孩子就是這麼定位成坤的。雖然老闆和員工身分不同，但從「暗排」（暗自排擠）這點來看，成坤和鎮錫是屬於同一類。遲鈍的老闆顯然完全不知道這回事，更諷刺的是，在披薩店裡唯一會站在鎮錫這一邊的人也就只有老闆。

當然，鎮錫對老闆毫不在意，如果不是發生了讓他一想起就心痛的某件事情，他大概也不會記得金成坤。

鎮錫暗戀同一時段工作的恩智，卻從來沒想過要向她告白。當恩智和另一個兼職店員閔基調情的時候，整理廚房、烘烤披薩和包裝就全都成了鎮錫一個人的事。鎮錫的想法是，這樣也好，一個人包覽所有事情，總比懷著難堪的情感在恩智面前手足無措要來得好。

甚至當恩智和閔基正式交往後，老在用餐區角落談情說愛時，鎮錫也默默假裝不知道他倆談戀愛，因爲光是隱藏這份無法實現的戀慕之心，就已經夠累了。

---

† 나무위키，又譯作「樹維基」，是一個伺服器設於巴拉圭的韓語維基系統網路百科全書。

‡ 韓國年輕人之間的流行語，發音變形為「아싸」（outsider）和「인싸」（insider）。

事情就發生在某一天鎮錫去洗手間的時候，那塊卡式錄音帶從他的背包裡掉了出來，正好被剛晉升成恩智男友的閔基撿到，剛要拐過角落的鎮錫聽到了他們的對話便停下腳步。

「這什麼時候的錄音帶呀，太神奇了！」

「我第一次看到眞正的錄音帶，他的品味還眞獨特！」

閔基把原子筆插進錄音帶圓孔裡轉動時，恩智在旁邊嘀嘀咕咕地說。恩智接下來說的話，深深刺傷了鎮錫的心。

「可是，你不覺得那人眞的讓人很不舒服嗎？老用陰沉沉的眼光瞟人家，感覺就像蟑螂在臉上爬來爬去一樣。」

「妳就忍耐一下吧，幸虧有他，我們才能過得這麼爽。」

閔基開玩笑地接過話尾，又多說了一句。

「很好奇吶，來 YouTube 上找找。」

閔基很快地在智慧型手機上播放出音樂，是杜蘭杜蘭合唱團第二張專輯主打歌〈Rio〉。

「嘔！」

感覺就像陽光撩撥皮膚般麻癢的前奏才開始不到兩秒，恩智就做出這樣的反應，鎭錫的心簡直像被虎爪撕裂般整個碎了。鎭錫覺得恩智吐出的這一個音節，不是對音樂的評價，也不代表其他的意思，而是她打從內心厭惡自己的表現，所以不分青紅皀白先表達嫌棄再說。如果有老鼠洞的話，鎭錫眞想鑽進去。不，也許這瞬間他想乾脆死了算了。

這時，奇妙的事情發生了！

「杜蘭杜蘭合唱團怎麼樣？那是我最愛的團體之一！」

粗礪的嗓音響起，還很不識趣地暴露了鎭錫站在角落裡的身影。

「鎭錫你站在那裡幹麼？像是在偷聽什麼似的。」

老闆雙手放在圓滾滾的肚皮上，跳著讓人聯想起火雞搧翅奔跑的聳肩舞，面露爲了慫出浮誇歌聲而緊蹙眉頭的笑容，再加上完全難以形容的怪誕步伐，邊隨著閔基手機播放的杜蘭杜蘭合唱團的歌聲搖擺，邊朝著他們過來。鎭錫彷彿目睹世界末日一般看著這光景，他的靈魂也隨之被蒸發到遙遠的宇宙另一端。

第二天恩智和閔基無故曠工，又過了一天，兩人同時辭職，鎭錫認爲這是自己和老闆無意間聯手促成的結果。慶幸之餘，他也備感苦澀。因爲這樣，鎮錫突然間必須同時負責廚房和用餐區，當他偶爾到店外透透氣時，還得一面避開老闆噴出的菸味，一面聽他說：「幸好有你，眞是太感謝了，你做事眞的很認眞！」

都是一些無聊又無趣的話，但並不令人討厭，或許是因爲老闆某天說過的一番話吧。

「鎮錫呀，你要以自己的品味爲榮！很獨特啊，是不是？吶，世上循環不息，總有一天你的品味會變成最棒的，怎麼說來著——最嘻哈的。那時候才想搭潮流的便車就來不及了，像你這樣提前學習、深入鑽研的人，總有一天會獲得應有的評價。」

老闆靦著臉笑了起來，鎮錫並沒有因爲這段話而得到安慰。奇怪的是，新的兼職員工進來，仍舊跟他合不來，那些人離職後，他又變成一個人工作，一直到倒店時爲止，他都默默地守著這家店。

直到現在，老闆再次出現在鎮錫面前，帶著回憶中的杜蘭杜蘭合唱團的錄音帶。

16

「謝謝！」

鎭錫低下頭說。看著眼前的陳舊錄音帶，他百感交集，雖然心裡有點難過，但內在的防禦機制阻礙了同情心，讓他升起自己沒有理由可憐別人的自覺，更何況老闆還是和自己在同一區域工作的餐點外送員。對鎭錫來說，這份工作只是他經歷的工作之一，但對老闆來說，這很有可能是他的最後一份工作，畢竟年紀大了就不會再想做其他的事情，眞是又可憐又憋屈。

「那我走囉！」

正想起身時，老闆又接著對他說：

「這錄音帶呀！我想到你就一直留著沒丟，前些時候不知道從哪裡又突然冒了出來。」

「其實您丟掉也沒關係。」

鎭錫小聲地回答，因爲他已經決心要放棄那個愛好了。鎭錫現在的目標，就是要儘量融入人群中。

「最近在做什麼？還在做音樂嗎？」老闆問。

鎮錫隱約想起曾經說過自己在作曲，爲了實現這個夢想才出來打工的。那是某一天站在雨中的屋簷下，店快要開不下去，老闆向他感嘆自己的處境，他一時衝動說出了那句話，早知道就不說了，鎮錫不想以這種方式回憶他已經收拾起來緊鎖在抽屜裡的夢想。也許老闆認爲兩人很親近，鎮錫自己卻不覺得，披薩店只是他偶然間工作了很長一段時間的某個職場罷了。

「沒有，其實我從來沒有眞正開始過。很酷吧！」

鎮錫說出這天的對話中最沒好氣的一句話。前老闆卻連這點也沒察覺到，只是沉痛地點了點頭說：「原來如此！」。鎮錫仔細觀察老闆，從一見面就覺得他就有哪裡很礙眼。

「您哪裡不舒服嗎？」

「嗄？」

「我看您從剛才就一直保持這樣的坐姿。」

鎮錫忍不住問了一句。前老闆整個人都顯得很不協調，與他意氣消沉的倚老賣老語氣截然不同的是，他直挺挺的腰和僵硬的肩膀，光看樣子就讓人聯想到電影裡在流氓頭子面前高喊「大哥」的黑幫小弟。

「喔，你說這個呀！沒事，想有個改變而已。」

「什麼改變？」

雖然很不想問，但還是問了；對方好像也不想回答，但還是答了。

「啊，就是那個……姿態，還是姿勢，之類的！」

「您怎麼了？長了骨刺嗎？」

「那倒不是，而是想著或許背挺直了，人生也會變得不一樣。」

「人生嗎？」

這有什麼因果關係？鎮錫沉吟似的反問，哪有可能背脊挺直了就能改變人生。

鎮錫原本就是沉默寡言的類型，屬於不好奇也不提問的人。但奇怪的是，這次他竟然會忍不住問了一句，或許是因爲杜蘭杜蘭合唱團錄音帶突然又冒了出來的緣故吧。前老闆一臉糾結，不知該怎麼回答的樣子，但很快就放棄了掙扎，表情變得輕鬆起來。

「很可笑吧?連我自己也覺得很可笑。」

沉默流淌在兩人之間，是再過三秒鐘就可以說「我該走了!」的那種恰到好處的沉默。然而，正當鎭錫數到三，準備要開口的時候，老闆把手肘架在桌子上，上身往前傾了過來。

「那個，鎭錫呀!」

「嗯?」

「我們一起工作的時候，你覺得我是怎樣的人?」

「嗄?」

「你現在跟我沒有任何利害關係，所以我希望你能坦白告訴我。」

鎭錫沉思良久，這種情況該怎麼回答才好?他不知道有多少次因爲對方要求坦白告知而說了實話，結果卻讓自己陷入窘境，這就是既靦腆又不會看眼色的圈外人悲慘的宿命。結果他今天又落入了熟悉的陷阱中，即使他反問:

「眞的要坦白說嗎?」

前老闆點了點頭。

「那當然，又不是在面試，你就痛快點，說說看吧!」

鎮錫抱著破釜沉舟之心，用力地吐了一口氣。

「您看起來總是一副在生氣的樣子。」

「看起來在生氣。」

「嗯，愛倚老賣老的老頑固。」

「老，老……頑固？」

「不過這不是我說的，是其他兼職的人都這麼認爲的。」

「喔……還有呢？你可以把別人說過的話都說出來沒關係，我不會當成是你的意見。」

「很擅長打包。」

「還有嗎？」

「對員工福利很小氣。」

鎮錫劈里啪啦地說。

「原來是人渣呀……」

成坤話說到一半就瞪著眼睛看鎮錫。

「小子，我們交情有好到無話不說的程度嗎？」

「……」

「抱歉抱歉，是我叫你實話實說的。」

又是一陣沉默。這沉默代表，如果趁老闆反芻剛才的對話時，自己就馬上離開的話，會被當成是目無尊長的傢伙吧！

「但您爲什麼要問呢？」

「我想有所改變。」

鎮錫用懷疑的眼光打量老闆僵硬的姿勢，不小心對上了老闆的眼睛，他覺得老闆讀懂了自己眼神裡「這麼做又能改變什麼？」的意思。

「好吧，就當作你放棄音樂了！那現在你有什麼打算？」

鎮錫哭笑不得，翻了個白眼。但老闆似乎毫不在意，一臉「我沒有惡意」的表情等著他回答。平時他就很難避免像這樣突如其來、說得心不甘情不願的近況對話。不過最近向他問起未來打算的，也只有老闆一個人。

「我想先從 YouTube 試試看。」

「啊，那太好了！你算是珍貴品種，就往那方向試試看，把你的 YouTube 帳號告訴我。」

鎮錫只想趕緊從這難堪的對話裡脫身。

「您檢索一下就可以查到，目前還沒什麼內容。」

鎮錫搪塞地說出關鍵字，一分鐘後就離開了這個地方。

那天晚上，鎮錫又想起老闆出奇僵硬的姿勢和他說的話。背脊挺直了能改變什麼？感覺老闆生意失敗之後，人也變得異想天開。想到老闆正做著可悲的蠢事，鎮錫心裡有點不是滋味。

事實上，從碌碌無爲這點來看，鎮錫自己也同樣沒什麼可說的。鎮錫每天都在殺時間，似乎不知道該如何過眼前的生活。當然，在內心深處他也不想活得像是一灘死水似的。「我在做什麼？」鎮錫難得地問自己，這個問題他每次想起都充滿絕望和失敗感，所以只要一浮上腦海就會自動回避。他猛然一口灌下零卡可樂，像是要抹去這個突然閃過的念頭。就在可樂氣泡宛如針扎般刺激口腔內側時，他腦中猛然想起前老闆的名字。沒錯，金成坤．安德烈亞！他是這麼自我介紹的，原來這人從一開始就很奇怪，鎮錫心想。

因此幾天後當他看到老闆在他的 YouTube 影片下方留言時，他不禁大感驚訝。留言框裡一個大大的豎起拇指的表情符號正等待著鎮錫的到來，其下的私密留言寫著「想吃一頓就來找我！」，並留下了就在附近的商務套房地址。鎮錫雖然嚇了一跳，也真的非常意外，但卻不會感到不快。

鎮錫把隨手亂丟的錄音帶放進老式隨身聽，再把耳機塞進耳朵，然後按下有點頓卡的播放鍵，當前奏敲擊耳膜的瞬間，他的血液也開始發熱。鎮錫以自己獨特的姿態跟著唱了起來，重新找回遺忘多時的自己。

久違地，鎮錫感覺自己還活著。

17

再次見到鎮錫的那一天，恰巧也是成坤碰上難堪的日子。點擊了接單按鈕之後，才發現外送地點是以前住過的高層公寓附近的一棟大樓。雖然成坤若無其事地疾行在道路上，但他內在的茫然若失彷彿是行走在創傷裡，就連他口罩的繩子也被突如其來的一陣風給吹斷了。現在，成坤要面對的是緊迫的外送時間和繩子斷掉的口罩。

在電梯裡，成坤遇到了一張熟悉的臉孔，任誰都能看出那是鎮錫。即使大半張臉都被口罩遮住，那傢伙濃黑的眉毛和如同被熨斗壓平的耳朵，都露在口罩外而像是一種標誌。

成坤對鎮錫有著獨特的關愛，畢竟他是倒閉的披薩店裡撐得最久的員工。無論那孩子知不知道自己的這份心意，成坤都會釋出善意。固然沒必要打招呼，但這次也是嘴巴比腦子動得更快，等到他回過神來，才發現鎮錫已經在他的手機裡存好聯絡電話，隨即騎上摩托車轟轟地發動引擎漸行漸遠。

在成坤看來，鎭錫只是一個有點沉默寡言的孩子。當然，也可以加上一些形容詞——一個擁有獨特、稀有品味的內向孩子。但是鎭錫的同事們，也就是其他兼職員工卻急於排擠這樣的鎭錫，把他塞進一個詞——圈外人——裡去，單用這個詞就概括了他整個人。

「那小子就是個不合群的圈外人，看到他心情就不好！」，偶爾偷聽到的對話讓成坤感到很煩悶，當鎭錫被定義爲「圈外人」的那一瞬間，他所有的一切都被胡亂套進這個標籤裡，從而直接得出「令人不快」的結論。

如果用顏色來形容的話，鎭錫不屬於亮色系。這孩子明顯就是灰色，屬於混合了深灰、淺灰、米色的灰褐色。這種灰色多彩而神祕，有時還能像大理石一樣雕琢成金碧輝煌的雕像，只要稍加留意，就能看出其中的奧妙。但是，當「圈外人」一詞如暴君般出現，那孩子就被嘲諷地斷定成一個沒必要、也不值得多加留意的人。在「圈外人」這個標籤前面，鎭錫只是一坨毫無意義的乾癟水泥塊罷了。

就算被宣判爲倚老賣老的老頑固——這詞彙自己同樣也是無從抗拒，成坤也不會放棄他的看法。所以，他當時興高采烈地跳完聳肩舞之後，便朝著愣在當場的恩智和閔基大喝一聲：

「你們把所有東西都打包塞進一個單詞裡當標籤來審判人，然後用充滿憎恨的奇怪簡化用語刷刷刷地亂寫一通。隨隨便便把『老頑固、老頑固』掛在嘴上，卻不知道你們那才是眞正老頑固的行爲。」

成坤忘了自己這一輩的人也曾在論壇聊天室裡用一堆諸如「安安，興見與見」ㅕ的新造詞，而且是在呼叫器的「四八六一〇〇四‡、八二八二‖之類的數字密碼基礎上，創造出各式各樣縮寫用語的始祖，以及使用其他各種方法來演繹世紀末的動感風景ㅛ。他很嚴肅地說完之後，就看見恩智、閔基和鎭錫的臉各自因不同原因而變得或紅或綠。

也因此，成坤才在當場向鎭錫借了杜蘭杜蘭合唱團的錄音帶。難道性格不夠

ㅕ 하이루，빵가빵가。意即：安安，很高興見到大家。

‡ 사랑해천사。意即：我愛你天使。

‖ 빨리빨리。意即：快點快點。

ㅛ 這裡以含蓄方式表述，在一九八〇、九〇年代，也就是二十世紀末的韓國年輕人激烈對抗獨裁政治的示威風潮。

開朗和對所愛事物產生狂熱，就必須遭人詬病嗎？這種時候，厚著臉皮耍耍老闆威風也不爲過吧！所以那天，成坤最後以這樣的一句台詞收尾：

「鎮錫呀，趁這個機會這東西就借我聽聽吧！」

然而善意不一定能保證有好的結果，從第二天開始，成坤就再也沒見到恩智和閔基，不久後他也遭遇生意上的困境，又因爲忙於處理事情、結束營業，於是就忘了把杜蘭杜蘭合唱團的錄音帶還給鎮錫。就這樣幾年過去了，金成坤在苦海裡愈陷愈深，終於在他完全絕望、打翻紙箱的那一天，杜蘭杜蘭的錄音帶從某個雜物箱裡悄悄探出頭來，彷彿在說：「你是不是忘了我？忘了還有我的存在？」所以當成坤在電梯前碰到多年未見的鎮錫時，面對這個絕妙巧合，他不得不端出歸還錄音帶來當藉口。

但是，在漢堡王再次跟鎮錫見面後，成坤陷入了自我懷疑。正確地說，是夾雜著後悔的懷疑，難道期待看到一絲重逢的喜悅或想聽到一句謝謝很過分嗎？鎮錫從頭到尾都是一張臭臉，還毫無保留地說出有關成坤的殘忍批評，讓這個已經脆弱到極點的男人整顆心傷得千瘡百孔。

「我是那麼差勁的老闆嗎？」爽快地和鎮錫道別後一回到家，成坤就鬱悶地反問自己。明知道沒有哪個老頑固會承認自己是老頑固，但他還是覺得很委屈。過了那麼長的時間都還記得歸還對方的心愛之物，這已經夠有誠意了吧？難道期待一個微露感激的表情，或者哪怕只是一個簡短的感嘆，就代表他是個老頑固嗎？對這一代年輕人來說，這種事情也算強人所難嗎？

除了無謂的遺憾之外，還有一種惋惜，因爲年輕的鎭錫身上流露出自暴自棄者的失敗感。過去的鎭錫雖然古怪，但有他自己獨特的風格，現在的鎭錫卻把曾經視爲夢想的「音樂」這兩個字說得輕描淡寫。自己爲什麼會對現在的鎭錫感到失望呢？自己有什麼資格失望？

但是成坤並沒有錯過鎭錫看到杜蘭杜蘭錄音帶時瞬間眼眸發亮的樣子，因此成坤在微妙的失望感之中，仍不忘進入鎭錫的 YouTube 帳號觀看。

頻道裡還沒有什麼稱得上是有內容的東西，只有幾個樂團的珍貴影像和以短評方式講一些不爲人知的背景故事而已。即使如此，成坤還是在這個簡樸的頻道裡感受到鎭錫獨樹一幟的特色。

留下一個大大的豎起拇指表情符號之後，成坤喃喃自語地說：

「這小子一點火苗都沒有，不，不是完全沒有，而是還沒點燃！」

鎭錫就像一根還沒點燃的火柴一樣，只要能啪地一下點燃小小的火苗，必然會散發出明亮的光芒，這孩子就是缺了這一記重擊。「是呀！我們都缺少一記重擊，大家才會這麼平凡地、庸庸碌碌地過日子。」成坤以發一頓牢騷當作這事的結尾。

也正因爲成坤是以這種方式不再去思考這個人，所以不久後當鎭錫眞的來拜訪時，成坤自然感到十分驚訝。

18

「這裡空間好寬敞呀！」

「是吧？根本沒必要這麼大。」

「不過，我今天是不是來得不湊巧？」

「沒有沒有，我今天也是想休息才提早結束工作回來的。肚子餓不餓，要不要點什麼來吃，炸醬麵？」

「不用了，我只是剛好經過附近，想到就順路過來。」

「喂，你不會認爲我連一碗炸醬麵都請不起吧？」

「我吃過了才來的。看您的表情好像有點嚇了一跳。」

「還不是因爲你穿著外送員制服過來，我還想說自己沒點餐，怎麼有人送餐來，才被嚇到的。」

「您還我錄音帶時，不是說讓我有空過來玩嗎？我也覺得禮貌上應該來拜訪一次，所以……不過，您一個人住這間套房嗎？」

「嗯，暫時是這樣。內情有點複雜，我正承受著難以承受的負擔。」

「可是，好好喔！我要是有這麼大的空間，一定會做點什麼。我現在跟姊姊一起住，真的一點隱私都沒有。這裡怎麼有這麼多的紙箱，是口……罩？」

「喂喂，你動那個幹麼？」

「鏡子上的那個標示是什麼？怎麼拍了那麼多自拍……咦，怎麼都是側面照？」

「啊，那個！是我想端正姿勢，正在努力中。」

「喔，就是上次您說的……」

「很可笑吧？我就想著，會不會有一些看起來微不足道的事情有可能改變人的一生？」

「所以第一步就是端正姿勢嗎？」

「我也不知道是不是第一步，反正先做了再說。」

「沒錯，先做了再說。然後下一步呢？」

「就是那什麼，鎮錫！過去我每次想做什麼都會先想到目標，但那些目標都不單純。A是為了B做的，而B又是為了C才做。你懂嗎？可是，現在想想那些全都是白費力氣，一旦最終目標失敗，中間從Ａ到Ｚ的過程都變得毫無意義。所以現在我決定不再制定什麼遠大的目標，也就是說做什麼事情都不講究目標，行為本身就是目標。」

「也就是不去考慮未來，對吧？」

「可能以後會考慮吧，但暫時不想那麼多。就像你說的一樣，現在不去考慮未來。我已經有太多次經驗了，但每次都把該抵達的未來里程碑豎立在太遙遠的地方，結果現在做的一切全都是為了未來。而現在，端正姿勢這個單獨的行為，它本身就是目標。下一步？沒這回事，我只想有始有終地做好一件事情。」

「……」

「不好意思，我不是為了發牢騷才叫你來玩的。」

「不，我支持您這麼做！」

「謝謝！可是呢，我一個人做有點摸不著頭緒，每次把手機靠著牆設定好延時功能拍照。結果我的天呀，拍出來都慘不忍睹。如果有人能在旁邊看著，幫忙拍照的話就好了。」

「……那您看這樣好不好？我偶爾過來幫老闆拍照。」

「你？」

「也沒什麼，一個禮拜一次兩次？那也不算什麼麻煩，況且您也說需要客觀的角度。」

「嗯。」

「不用請我吃飯，您不要覺得有負擔，我這麼做是因爲我喜歡您說的，做事不考慮目標。」

「是嗎？」

「而且，我還有事情要感謝老闆。」

「有什麼値得感謝的事情？」

「就老闆關店之前呀，我跟您討薪水的那一天，您當場就把皮夾裡的錢全部掏出來給我，連硬幣都掏了出來，還加上夠吃一頓飯的獎金。其實我覺得有點抱歉！」

「你也太嫩了！該拿的錢就拿，有什麼好抱歉的。」

「那時就是那樣子收下了。但是，事後再想想，覺得自己有點不成熟，譬如我說話的語氣之類的。」

「你現在還是不夠成熟，就是個毛頭小伙子，乳臭未乾！」

「而且那個時候，老闆您不是也偶爾會捐款嗎？您在櫃台前面放一個小存錢筒，存滿了就把錢匯到福利機構去，還拿出銷售額的一部分捐給清寒學生。」

「是嗎？對，有這回事，現在回想都像一場夢。」

「雖然是沒什麼大不了的事，卻都留在了我的記憶裡。」

「……」

「所以只要您不介意，我偶爾過來幫您拍照，順便看看進展是否順利。不過，這裡空間眞的很大，紙箱這樣擺……像不像書桌？」

「這麼看也行。」

「在這種地方生活，就會有一種眞心想做點什麼的感覺！剛好可以讓我偶爾過來冷靜一下頭腦，構思一些東西。」

「那你就這麼做呀！」

「眞的嗎？」

「當然，反正空間還夠，不過得跟你先約法三章。根據我的經驗，越親近的人之間這種事情越重要，小摩擦久了以後一定會出大事，界線也會被打破。不過如果從一開始就約定好的話，那就沒關係。」

「好呀！」

「租金可以全免，飯錢各付各的。務必遵守決定停留的時間，即使突然被要求離開，也得無條件離開。」

「我完全同意。坦白說，我只是隨口說說而已，您這麼爽快就答應了，我反而覺得有點不好意思。」

「我也覺得偶爾兩個人在一起會比總是一個人好。」

「啊，這個可以拿來當隔板。」

「喂喂，你這就開始施工啦！」

「既然來了就順便規畫一下。」

「不過，你本來就這麼多話嗎？還是有什麼選擇性緘默症？」

「對耶，大概是合得來吧！」

「唉唷唉唷，你別再搬了，你這傢伙，現在就開始圈自己地盤啦！」

「好久沒看到老闆的笑容了，看起來很棒耶。」

「我笑了？」

「是的。」

「那你笑什麼？」

「我笑了嗎？」

「是呀，小子，你看起來也很棒！」

一開始，鎮錫還有點矜持，只是偶爾過來。慢慢地來的次數多了，後來就乾脆把成坤的商務套房一角當成自己的基地，也不忘每天幫成坤拍下側面站姿，印出來貼在牆壁上。

剛開始以爲會很麻煩，但面對一個幫自己做監督紀錄的人，成坤小小的目標似乎也形成了系統和規律。鎮錫帶著筆記型電腦和手機進駐位在角落的小空間，一坐就是一整天。

「我也想來做點什麼。起初我還覺得老闆端正姿勢的事情很可笑，但一天天拍照累積下來，我才發現再小的事情，只要把它當成目標去實現的話，這件事情就會變得很重要……我正在研究凸顯自己獨特風格的內容，現在還沒辦法說得清楚，等準備充足一些的時候再告訴您。」鎮錫說。

即使成坤叫他不要喊自己老闆，但鎮錫找不到合適的稱呼，還是一直喊成坤老闆。他的理由是，喊「大哥」的話，兩人年齡差太多；喊「前輩」，又說不清楚是哪一方面的前輩。

鎮錫當初在披薩店裡只把成坤當老闆對待，但是那時豎起的高牆，如今早已經坍塌了。而成坤則是逐漸看到鎮錫的另一面，在他的認知中是個天生大傻蛋的鎮錫，只要碰上氣質相近、有共同語言的人，就成了超級長舌男和雞婆男，只不過當初沒給他這種機會，要不然鎮錫其實是一個很有魅力的傢伙！

商務套房的牆壁上，貼著一張張成坤站在同樣位置、擺出同樣姿勢讓鎮錫拍下來的照片。乍看之下每張照片看起來都很相似，但和第一次拍的照片相比，看得出有明顯的變化。成坤佝僂的腰慢慢挺直，肚子也稍微縮了進去，向內蜷縮的肩膀也漸漸挺了起來，擺出自然的姿態。

只有一個目標的生活簡單明瞭，成坤踩著腳踏車穿梭在風中外送美食，餓了就狼吞虎嚥地吃飯，盡量不讓腦子裡裝進太多事情，有時還會刻意地更加賣力工作。他現在過的是一種只靠身體就能達成目標的生活，這樣的事只要是人活著就能做到，所以也不會有無法達成目標而感到內疚的情況發生。就這樣過了一段時間之後，成坤覺得爲活著而活著的生活也沒什麼不好。

冬天剛過、春光乍現的時候，金成坤將過去的照片和最近剛拍的照片列印出來，對著陽光重疊在一起，之前兩個男人之間有著巨大差別的輪廓，現在乍看之下頗爲接近了。確定這個結果之後，金成坤・安德烈亞的臉上露出許久未見的滿意笑容。

19

成坤外送的區域是他以前住過的地方，在住宅區和小型鬧區交會的路口，附近的補習街和商圈非常熱鬧。有一天成坤很偶然地送餐到雅瑩以前上過的幼稚園那棟大樓，心中忍不住百感交集，想起了蹣跚學步時的雅瑩。

原本是幼稚園的位置如今開了一家大型英語補習班，成坤抵達的時候補習班正在面試接駁車司機。一群上了年紀的男人擠在大廳裡，成坤瞧了他們一眼，一個個看起來都很疲憊的樣子，從五十多歲到六十歲出頭的都有，以顏色來比喻的話就是有點陳舊感的古銅色，畢竟無法期待從這個年齡段的男人身上散發出年輕清新的味道。

但其中有個男人格外吸引成坤的注意，以顏色來比喻的話，那人也同樣是古銅色，但這其實是因爲他穿著一件古銅色夾克、戴著一頂古銅色帽子、穿著一雙帶點深灰色的古銅色舊皮鞋。這人身材矮小，臉上深深刻畫著歲月的痕跡，他有點與眾不同，因爲其他人要不是閉著眼睛，就是打哈欠、看手機，只有他在靜靜盯著花草看，而且旁邊沒人留意他，所以那行爲看起來不像是刻意做出來的。成坤沒意識到自己幹麼老盯著那男人看，只是把裝著五人份越南米線的厚重塑膠袋交給出來拿餐點的補習班老師後，就轉身離開。但是突然間，成坤透過玻璃窗看到剛才那個一臉忠厚老實的男人走進去面試，遠遠看去那人的舉止透著一股瀟脫，這種氣質從何而來？成坤趕緊壓下心頭的疑問，把「那人平常也是這個樣子嗎？應該是關係到生計和金錢的面試場合才會表現出來的世故姿態吧！」的想法拋在腦後，搭上了電梯。

成坤再次見到那男人是在幾天後經過附近停等紅綠燈的時候，看來那男人面試通過了，已經開始在補習班工作。男人用著充滿慈愛的眼光迎接一個個從大樓裡蜂湧而出的孩子，親切地領他們上車。

從男人身上可以感受到一股說不出來的敦厚篤實。「剛開始工作才會這麼認眞啦！可是上工也沒幾天就能做得這麼游刃有餘？對啦，一把年紀還能找到工作，認眞也是應該的。」成坤心裡酸溜溜地，比平時更用力踩著單車踏板穿過那條街。

從那之後，成坤偶爾有事經過補習班附近，就會常常看到那男人。他還是一如既往地面帶微笑帶領著孩子們，即使在開車時，臉上的笑容也幾乎沒有變化。而且只要有空，他就會凝望著樹木剛萌發的嫩芽和新長出來的綠葉。有一天成坤在等紅綠燈的時候與他四目相接，不知道爲什麼那男人向突然瑟縮僵住了的成坤點點頭，以眼神致意打招呼。驚慌失措的成坤也不自覺地以看得出是問候的眼神致意之後，就逃也似的離開了。

幾天後一個近黃昏的傍晚，成坤買了蒸餃從那附近走下來時，又看到那男人正帶領著孩子們經過。那天塞得格外嚴重的道路上擠滿了不停按喇叭的車輛，一臉疲憊的孩子們難以維持一列縱隊的隊形。呼嘯而過的摩托車在停滯不前的車輛縫隙間穿梭，眼看這路上危機四伏，稍一不留神孩子們就會陷入危險中。但是，即使處於如此緊迫的情況，那男人依然保持平和的態度。他沉著而快速地帶領著孩子們，像是有四隻眼睛似的溫柔引導脫隊的孩子往安全的方向移動，同時還冷靜地盯住在道路上驚險疾行的摩托車，那眼神讓人聯想到說著「我會記住你！」的嚴厲上司。成坤感到很失望，他原本期待男人會露出一張充滿疲憊又不耐的臉孔，畢竟在這種情況下，有誰不會出現那樣的表情？

事實上金成坤那天也是分外辛苦，一整天都沒吃飯，工作收入和付出的時間不成正比，直到傍晚才去買的蒸餃在袋子已是爛糊糊的，帶回家後肯定不會好吃到哪去。一想到這些他的心情就很不愉快，一天到晚給別人送美食，進到自己肚子裡的卻是這種東西，簡直是在殘忍地暗示著什麼，成坤的臉上滿是煩躁。

「喂，老朴！我來吧，你先去吃飯再過來。」

男人的同事喊他，男人用低沉而清晰的聲音請對方先吃，隨即又開始照顧起孩子來。金成坤在顧不得吃飯、一直帶著笑容領孩子上車的男人前面停下來，看著男人快速整理好孩子們的衣領，一個個把他們送上接駁車。他大概已經博得了孩子們的喜愛，就連快進入青春期的少年也跟他恭敬地打招呼，而男人也回以燦爛的笑容，彷彿孩子們的存在取代了一頓飯，那個飽滿笑容是無論在哪種情況下都不會被輕易打破的。成坤覺得，那種笑容是與生俱來，也就是生來秉性如此的人，才會露出的笑容。

金成坤一生中只認識兩個與這男人相似的人，一個是童年時期教堂新上任的年輕神父，另一個是中學時經常光顧的小吃店老闆。無論世界送來什麼樣的苦難，他們依然面帶笑容地逆來順受，但也因爲這份善良而蒙受其害。對每個人都很親切的神父，因爲無法忍受被人散布與女性教友發生不正當關係的流言而不得不離開教堂；飽受賒欠和無賴騷擾仍不失厚道之心的小吃店老闆，爲自己信賴的友人擔保，結果店關門了，自己也病倒了。

人善被人欺，被人欺就會失敗，失敗就會被淘汰，這是金成坤．安德烈亞一貫堅持的主張。抱著這樣的想法，他又看向那男人，這人也是一樣嗎？他是不是一再經歷了某些事情，所以這把年紀了還願意來補習班開接駁車，無欲無求地超然於世呢？無論成坤如何想像，那人今天也是一臉和藹的笑容。

金成坤的腦中突然閃過一個念頭，他想模仿那男人的微笑，把眼角放鬆，讓嘴角自然地向兩端拉開，笑一個！

金成坤把想法付諸行動，下一秒他的目光就對上了一個剛從大樓走出來的孩子。孩子觸電似的停下腳步，像躲避危險物品一樣噠噠噠地跑掉了。成坤連忙收斂表情，覺得掃興又尷尬。

返回商務套房的路上，成坤不禁對自己的長相感到好奇，爲什麼孩子看到他會露出像是遇到妖怪一樣的表情呢？那天晚上回到套房之後，他看著鏡子，還沒喘過氣來就做出一個微笑，結果連他也被自己嚇到了。

他明明在笑，但那不是嘴角向兩端拉開的笑容，而是嘴角向下綻開的微笑。

如果說「咧嘴」就代表微笑的話，成坤的臉上不是橫向，而是縱向地咧嘴。就連嘴角的法令紋都垂直向下，要說像個八字，倒不如說更接近阿拉伯數字十一。

「這完全就是一張二進制臉孔嘛！」金成坤喃喃自語。如果以記號和數字來形容他那張臉，就是在大圓圈裡畫上幾個扁平或拉長的小圓圈，兩眼之間寫上阿拉伯數字十一，嘴角兩端各寫上數字一就差不多了。以這樣的一張臉掛上制式微笑，不嚇人才怪。

「您在做什麼？」

不知何時走了過來的鎮錫狐疑地問了一句，把成坤嚇得向後倒退一步。

「我看起來怎樣？」

「呃……」

鎮錫跟著成坤盯著鏡子看。

「您是在……笑吧？」

「嗯，正如你所看到的。」

鎮錫摩娑著下巴，像是在沉思似的歪著頭。

「快說，看起來怎樣？」

「說實話？」

「當然！」

「看起來很疲倦的樣子，非常疲倦。」

成坤的表情一下子垮了下來。

「一點小事也這麼難！」

對著嘴裡念念有詞的成坤，鎮錫又這麼說了一句：

「雖然不知道您這次又有什麼意圖，但我想告訴您一句話，表情是情感的流露。」

「情感？」

「表情的難度可能比端正姿勢還要高，姿勢是抬頭挺胸就可以做到，但表情卻必須發自內心眞實的情感。」

20

那天傍晚，成坤催人淚下的微笑挑戰記正式展開。他把手機設置成自拍模式，嘗試拍下自己各式各樣的笑容。微笑、嘲笑、冷笑、燦笑、溫暖的笑容、激動的笑容……他揣想著符合各種表情的情況，不停地按下快門，想先分析自己的笑容再嘗試改進。

但是，懷著緊張的心情打開照片一看，成坤不禁啞然失笑，這麼多的照片居然全都是一模一樣的表情，就像一個演技爛到極點的演員。話說回來，既然演技這麼爛，在人生舞台上由金成坤擔綱的這齣戲票房之所以會失敗，笑容，也就是表情這個因素顯然占了很大的一部分。

「沒有以前拍的照片嗎？」

鎮錫又突然冒出來管閒事。

「不是有張掛在店裡的開業儀式照片嗎？那張照片裡老闆的表情就很開朗。」

聽了鎭錫的話，成坤在雲端硬碟裡查找了好一陣子才終於找到那張照片。那是披薩店開業當天，店門口放了許多祝賀花籃，成坤就是站在花籃前面拍的照片。雖然在這之前他已經失敗了好幾次，但還是可以從照片中看出他的霸氣和自信。

再次想從過往找到提示的成坤，無意中發現了一段影片，那是才開店沒多久，在總公司舉行的尾牙現場。以溫馨的聖誕裝飾和歡樂的聖誕頌爲背景，大家全都一副興高采烈的樣子。成坤作爲分店店長代表出來致詞，他的賀詞了無新意，還是一貫的「加油！」「聖誕節快樂、新年快樂！」，但臉上流露出來的笑容卻很自然，就連和其他店長們互相寒暄也笑得自然灑脫，而不是禮貌性的微笑。

金成坤自暴自棄地關掉影片，也難怪他做不出那樣的表情，是要擁有自信、希望、內心充實的人才會流露出那種表情，現在的他怎麼可能做得出來。對現在的他來說，最適合的就是眉心的豎紋，那愈來愈深刻的皺眉紋不要說抹平了，就連舒展一下也不容易，無論從年紀來看，還是從現況來看，皺眉頭就是最適合他的勳章。

一時之間感到心灰意冷的成坤，表情變得更加嚴肅、凝重和陰沉。以這模樣攬鏡自照，成坤不禁再次失笑，就連這沮喪的臉孔也是一副面無表情的樣子。即使和剛才照的照片放在一起比對，也感覺不出有什麼差別，簡直像是一頭板著臉的熊。以前只要做出陰沉的表情，看起來就很陰沉；做出沮喪的表情，看起來就很沮喪，但是現在不管是刮風下雨、喜怒哀樂，都是同樣一副板著臉的表情。

「一點小事也這麼難！」成坤喃喃說出這句在無意間變成他口頭禪的話。但是，當他想起那位從沒攀談過的接駁車司機，一股不服輸的挑戰精神占據了他的心頭，激起他高昂的鬥志，他不想在無論高興或悲傷的時候都頂著同一副表情生活。金成坤抱著在這場較勁中必勝的決心，對著鏡中的自己露出生硬的笑容。

就在這時，叮一聲類似警告提示的聲音響起。一抬頭，就看到鎭錫手拿一根長長的自拍棒，把鏡頭對準了成坤。

「是的，這位就是我們公司的老闆，正確地說，是前公司的前老闆。」

鎭錫以明快的聲音說。

「喂喂，你在幹什麼？」

看到成坤像個犯了罪的人一樣雙臂交叉遮住臉孔，鎭錫便放下了手機。

「別擔心，這不是直播，我只是試著錄影看看，如果還不錯的話，會在您完全同意的情況下才上傳到頻道。」

「怎麼回事？」

「我的 YouTube 頻道正式上路，所以想偶爾邀請來賓友情客串。」

「來賓是我嗎？」

鎮錫嘿嘿地笑。

「因爲頻道主題是八〇年代流行音樂，所以我想，如果邀請還記得那段時光的人擔任來賓，應該會更有眞實性。」

「幹麼要強調眞實性？」

「也沒什麼，其實這就是一種賺錢的方法。」

鎮錫輕描淡寫地說，成坤搖搖頭。

「不要從一開始就只想著錢，要想想意義何在。」

「有意義當然最好，但是意義這種東西，等到確定能賺錢之後再找也可以。」

成坤以無比誠摯的眼神看著鎮錫，開口說：

「我以前也這麼想。不過，不是有些成功的傢伙嗎？我不是指那種短暫的成功，而是長期成功的這些人都是從一開始就考慮到意義的人。如果沒有『意義』作爲前提，就算前面成功了，最後也會失敗。記得！貪圖僥倖是無法持久的，就像刺激性食物最後會傷害身體一樣。」

話才說完，一陣苦澀在成坤的舌尖上漾開。提出建議總是比付諸實踐來得簡單，因爲事不關己才可以站在稍遠的地方旁觀世事。

「我的想法是，老闆您現在做的『毫無意義』的嘗試，應該背後也是有什麼特殊意義吧。」鎮錫說。

「沒那回事，毫無意義本身就是一種意義。」

「除了我之外，如果有其他人也看到了您的改變，是不是就能受到一點鼓勵呢？基於這個『意義』，您偶爾來我的 YouTube 頻道擔任嘉賓如何？」

「YouTube 已經失去單純性了，所以我不要，而且我也不想被留言之類的東西影響。」

成坤邊說邊回憶起經營披薩店時讓他十分厭煩的星級評分暴力。其實說這些話的同時，他也很煩惱，他最喜歡的小提琴家希拉蕊．哈恩不是也以「百日練習」爲標題，上傳了自己爲期一百天的每日練習過程嗎？看到那個影片時，成坤還想

「原來大師們也這麼認真呀！」。有其他人「從旁關注」確實會讓人更堅定決心，加倍努力貫徹實行。但是對成坤來說，就算只有鎮錫一個人的關注也夠了。成坤知道，在社交媒體的科技樹（TechTree）裡，他人的關注和留言已經逾越了良性刺激的範圍，最後成為操縱頻道主的非合理性實體，他不想讓自己被他人的關注和評價來決定。看著成坤在兩種想法之間猶豫不決，鎮錫說：

「眞可惜，現在這個時代，只有『關種』[註]才能生存呀！」

「喂，你是怎麼想的我不知道，但我眞的很討厭那個詞，所以不要在我面前說那兩個字。順便跟你說，帶有『厭』字的詞彙和以『蟲』字結尾的話[註]也全部禁止。不是因爲我年紀比你大，就算我們是平輩朋友，我也會這麼說。我最討厭的就是隨便亂加的『厭』字和假裝謙虛用在自己身上的『蟲』，以及『關種』這些簡稱，既沒格調又不坦率。」

鎮錫似乎對自己剛剛說的話感到後悔，含糊地點點頭，連聲稱是。

「我也不是因爲喜歡才使用那些字眼的，只是大家都習慣這麼說，所以順口就說了出來。不過，您的意思我明白了。」

鎮錫想了想又繼續說：

「不管怎樣，要是您哪天如果有意願當頻道來賓，請隨時告訴我。在我看來，您絕對是一個非常有魅力的人物。」

鎭錫一臉期待地回到房間的一角——自己的基地去了。

---

† 「關心種子」（관심종자）的簡稱，意思是在關注中成長的種子，指用盡各種手段吸引他人注意求取關注的人。

‡ 厭字組合詞是針對某事物充滿嫌惡，好比厭世、厭女。蟲字組合詞則帶有鄙視意味，例如男蟲在韓國是指大男人主義者；無腦蟲，則是指頭腦簡單的人。

21

「長高了耶！這把年紀了還會長高？」

一天早上，成坤像往常一樣爲了接單而拖著疲憊的身軀走出大樓時，耳邊傳來了這聲音，是那位偶爾只用眼神互相致意的警衛。

應該沒什麼特別的意思吧，警衛話沒說完就已經抬腳爬上樓去了。成坤動也不動地在那裡站了好一陣子，才不自覺地笑了起來，心中的一角升起小小的喜悅。這是一種確實又單純的喜悅，不是看到自己投資的股票股價上漲所感受到的瘋狂興奮，而是像收到一小袋糖果的孩子一般全身心充滿了喜悅，這心情讓成坤一整個上午嘴角都掛著微笑。

但是到了下午，原本洋溢在他心中的情感就像氣球漏了氣一樣，轉眼消失不見。成坤把這件事告訴了鎮錫。

「當然呀，畢竟那個警衛對您來說不是那麼重要的人。」

鎮錫給出的答案很簡單。

「是嗎？」

「如果是家人的稱讚就不一樣了。爲什麼向親近的人表達、並且得到認同是最難的事情呢？如果有人能針對這點寫一篇論文就好了。」

大概早就有許多關於這方面的論文了，只不過改變不了什麼罷了，所以成坤覺得沒必要說出來。傷害最親近的人，這或許可以說是人類的通病，隨處隨時可見，例子多到不勝枚舉。爲什麼很多表面上看起來挺正常的人，剝掉外面那層皮，裡面都爛掉了呢？其實背後原因都差不多，他們面對最該珍惜、最該小心對待的人，非但沒有那麼做，反而各種傷害侮辱冒犯都來。

在這方面，成坤是一個罪孽深重的人。突然間，他的腦海裡浮現某個人的臉孔，成坤瞬間對這人產生了極端且刻骨銘心的強烈思念。

22

蘭希站在結帳台前面恭敬地向客人問好，她對最近在百貨公司食品部收銀台的工作感到十分滿意。百貨公司近期重新裝潢過，所以很乾淨，制服也是新的，整潔俐落的帽子和護手用手套的柔軟觸感，都讓她感到開心。工作環境也很棒，有椅子可以坐著工作，還有休息室。雖然實際上幾乎沒有機會坐下來，也沒法常跑休息室，但這些都不重要。

賣場裡播放著柔和輕快的音樂，穿著時髦的顧客挑選著能提升他們生活品質的食材和日用品，蘭希的存在就是負責協助這裡的客人。雖然她在大學畢業後任職於一家中堅企業行銷部門，還晉升到代理（主任和課長之間）的職位，但在好長一段時間沒工作之後，二度就業能找到的工作並不多。不過，這也無所謂，剛好符合「重新出發」這句話，不僅更能受到尊重，還能完全告別過去。現在她每天的例行公事就是清晨獨自出來散散步，讓身體充滿新鮮空氣，小聲地爲自己打氣喊一聲「加油！」。

喀的一聲打破了蘭希此刻的平靜喜悅。

眼前的結帳台上放了一小包哈瑞寶小熊軟糖。看到自己的最愛，蘭希高興地拿起軟糖，同時心裡想著：「這裡又不是小額商品結帳台，眞沒想到百貨公司裡竟然有人只買一包小熊軟糖！管它的，畢竟這裡是一個做什麼事情都能被接受的地方。」蘭希臉上露出禮貌性的笑容掃描條碼，然而不經意間映入眼簾的那隻手卻有點眼熟，短短壯壯的手指，就像泡了水的香腸一樣。

不會吧！蘭希看到香腸遞出的信用卡，是熟悉的銀行、熟悉的——快到期的舊信用卡。蘭希心裡想著「不會吧！」，但爲了確定眞相還是勇敢地抬起頭來看了顧客一眼，她很努力才壓下一聲尖叫。

「挺能幹的嘛！」

那噁心的眞相對著自己嘴賤地說道。蘭希搶過信用卡，閃電般結帳，心中升起一股屈辱感。雖然是自己說出在百貨公司找到了工作，但沒想到那人會眞的找來。

「兩千九百五十（韓）元，沒有紅利點數，也沒有積點，收據拿了可以直接丟掉。」

蘭希報復性地說出有關香腸的資訊。幸好鄰櫃的同事去了化妝室，這時只有她一個人。什麼「挺能幹的嘛！」，不管這話有什麼意圖，聽起來都不是好話。

「幸好妳看起來還不錯！」

這個法律上仍然是她丈夫的人又開口說了一句，意義不明的語氣眞讓人討厭。蘭希狠狠地盯著他看，這男人一臉憔悴，一向亂糟糟的頭髮長了一點。蘭希瞪了她法律上的丈夫一眼，把軟糖扔也似的放到收銀台的另一側，軟糖袋一路朝著成坤的手滑了過去。

「你快點給我走！」

蘭希咆哮著說，期待下一位客人快點出現好拯救她。然而，偏偏此時結帳台冷冷清清，按規定蘭希不能任意驅趕客人。成坤拿起軟糖袋大力撕開，湊到蘭希面前說：

「要吃嗎？」

「你瘋了——」這句話差點從口中迸出來，蘭希緊緊地抿著嘴，非常機械性地搖了搖頭，熟悉的軟糖香味刺激著她的嗅覺。

「老婆，妳眞的很能幹，這工作很適合妳。」

成坤抓著軟糖袋子，像機器人一樣重複著這句話。蘭希的眼神變得兇狠起來，心裡反射性地響起「危險！」這兩個字——這人要不是來拜託什麼，就是快死了吧，但成坤只是愣愣地看著蘭希。最後蘭希的救世主，也就是下一位顧客終於出現，成坤這才不得已挪動腳步走開。

蘭希的胸膛劇烈起伏，她只想把認識成坤以來的人生全都抹除。當然，雅瑩除外。曾幾何時，他們也擁有不少歡樂時刻，那些美好又朦朧的時光，如今都成了令人傷感的回憶。

想到這裡，蘭希平靜的心翻湧起如波濤般的悔恨，腦中也浮現剛才那男人有點憔悴的模樣。蘭希不自覺地向人群裡張望，但在服飾華麗的人群中卻看不到丈夫的身影，一種慶幸又複雜的情緒湧上心頭。就在她還來不及多想的時候，客人把信用卡遞了過來。幸虧如此，蘭希才得以行禮如儀，再次回歸今天的角色。

23

蘭希是金成坤眞正意義上的戀人，除了得在前面加上「曾經」這兩個字有點抱歉之外，她確實是金成坤．安德烈亞眞心愛過、願意奉獻出一切的女人。

在電影猜謎聊天室裡他們有過一場唇槍舌戰，針對史柯西斯和史匹柏兩位導演誰更偉大展開尖銳的激辯。怎麼可能是史匹柏？成坤嗤之以鼻。當時，至少是在二〇〇〇年代中期以前，史匹柏只是個徹頭徹尾的通俗片代表人物罷了，若要論及藝術價値，似乎還有待商榷。想憑藉一部《辛德勒的名單》成爲公認的藝術大師，史匹柏還嫌太嫩了些。所以結論是他的電影非常有趣，換個方式說就是，娛樂性很高，藝術性不足。就導演意圖表達的情感能否完全傳遞給觀眾這點來看，成坤覺得史匹柏的作品太過俗爛，活像是一本沒留下任何解釋空間的詳細說明書，以成坤的標準來說，是絕對算不上藝術片的。眞正的電影藝術大師是史柯西斯，這點無庸置疑也無需贅言。然而蘭希卻滔滔不絕地闡述史匹柏的偉大，精準點說，是講史匹柏的藝術性。在她舉例的電影當中，甚至還包括連史匹柏自己都引以爲恥的《一九四一》這部片。以這種方式開始的針鋒相對一直以一對一的聊天方式持續到凌晨，最後兩人異想天開的總結是：「不然我們在哪裡見面繼續討論吧！」以當時的話來說，就是「閃聚」（通過網路臨時約定的聚會），而按照格外喜歡這段插曲的雅瑩的話來說，那算是一種「線下ＰＫ」。

用戶名稱「DemiSoda7459」的蘭希，按照約定拿著檸檬口味微舒打[ㅋ]走進咖啡館。七四五九沒特殊意義，就只是手機門號最後四碼，成坤覺得這種取名方式一點品味都沒有。咖啡館的正中央有一個大籃子，裡面堆滿無限享用的橘子，金成坤正在剝第四個吃。他的腦子裡燃燒著鬥志，心裡填裝著一個又一個史柯西斯足以戰勝史匹柏的子彈——那些珠玉般的精采作品細節。但是，當他一見到拿著微舒打走上咖啡館台階的蘭希，成坤就完全忘了自己要說什麼。一雙黑長靴加上一字瀏海的黑直長髮，完全不同於茱莉亞或凱西那樣讓成坤一見鍾情，蘭希和他之前交往過的女孩子截然不同，與其說他被迷住了，他更確定自己是深深受

ㅋ 微舒打氣泡飲的英文就是DemiSoda。

到吸引。但成坤仍是裝著一副泰然自若的樣子，對著剛在桌邊坐下來的少男殺手說：

「既然見了面，DemiSoda7459，就請妳告訴我眞實姓名吧！」

「我叫柳蘭希。」

「喔，所以柳南希小姐，史匹柏眞的比史柯西斯……」

「不是南希，是蘭希！」

蘭希靠近桌邊說，然後伸出手指，用塗了紅色蔻丹的指尖把微舒打直直推到成坤面前。成坤被她傲嬌的態度與附贈的笑容給迷倒，而一切就是從這裡開始的。

成坤熟悉蘭希所有的表情。年輕時的蘭希，美麗的臉龐上隱約浮現的表情，全是由他雕琢的歡欣和喜悅。但遺憾的是，比這更清晰顯露的卻是與之相反的表情。

今天見到的蘭希，臉上已經沒有任何表情，就像用一個大篩子，啪啪啪篩掉了喜悅、愛情、幸福等好東西之後，又再篩掉了憤怒與悲傷。最後，所有的情感都曝曬在名爲「時間」的陽光底下，直到各種積怨、眷戀、愛憎全都曬到乾癟爲止。現在剩下來的痕跡，就是剛才蘭希望著他時，成坤在她臉上看到的表情。而扮演篩子的，也正是從蘭希身上奪走了一切情感的，金成坤・安德烈亞本人。

24

「什麼，老闆，我服了你了……」

鎮錫聽完成坤的小小冒險記——跑去分居中的老婆工作地點，拋出一句「挺能幹的嘛！」的勇敢嘗試——之後，忍不住雙手掩面。

「再怎樣也不能說挺能幹的呀，什麼挺能幹的……」

鎮錫嘆氣連連，嘆到臉都僵了。

「我還以爲那是稱讚。」

成坤尷尬地撓了撓頭。

「用意是好的！好是好，但沒有靈魂的稱讚就等於侮辱。」

「喂，怎麼會沒有靈魂，我是發自眞心才說出口的。」

「重音和長短，您懂吧？老闆娘一定是把老闆您那句話理解成『挺能幹～的嘛！』。賭五百（韓）元！」

「好難呀，一點小事也這麼難，怎麼連稱讚都不被當成稱讚了。」

「都是因為您平常很少稱讚別人才容易被誤會，不是嗎？想做好稱讚這件事，首先就要時時把稱讚掛在嘴上。」

成坤一臉茫然地看著鎮錫，像機器人那般硬邦邦地一字一字吐出來。

「謝謝你，鎮錫！你真的很會說鼓勵人的話。」

「啊，沒有啦！這沒什麼啦！」

鎮錫呵呵乾笑兩下。

25

金成坤又有了新的目標：不管出於什麼理由，一天至少稱讚別人三次。

但是就像抹去生硬的表情一樣，稱讚別人也不是那麼容易的事情，原因有幾點。首先是因爲與生俱來的性格，金成坤天生就不是一個會寬容地評價他人的人。

成坤認爲「只有值得受稱讚的人才應該給予稱讚」，但要找到符合成坤的標準、滿足他值得稱讚要素的人也不容易。由於世上有太多不合理與敷衍塞責的事情，成坤更傾向於鞭策督促他人，而非給予稱讚。

另外，想要成功地給予他人稱讚，必須自身先擁有超級好人緣和應變能力才行。要站在滿懷善意的想法上，緊握「稱讚」這顆球，一看到對話中出現適當的空隙，便趕緊把球投進去，這實際上需要很厲害的技巧。

而最大的困難在於，所謂的「稱讚」必須通過對方的評價才能被歸結爲眞正的讚美。無論出自何種意圖，只有對方理解爲稱讚，才能算得上是稱讚，這其中的步驟既繁瑣又苛刻。本來生活中就已經受夠了他人的評價，難道現在還必須具備這樣的技巧嗎？除非是天生的馬屁精，否則就別想靠稱讚來博得他人的好感。所以，即便是自己制定的計畫，金成坤也不得不懷著如同嘴裡呸呸呸吐著泥沙，或像是要完成家庭作業的心情來執行這項計畫。

他的第一次稱讚是靠著清早起床後對著鏡中的自己嘀咕兩聲，第二次稱讚則是對著路上遇到的鴿子或流浪貓說兩句讚美來達成。嚴格來說，這兩次努力與其說是稱讚，不如說是打招呼或自言自語，講好聽點也可以當成是吉祥話。不過，爲了完成每天的第三次稱讚任務，金成坤多少有點作弊。他不是靠發簡訊給蘭希，就是對著大樓警衛、打掃阿姨張口就說好話。然而結果並不樂觀，他突如其來的好話，像是「妳是了不起的媽媽！」「得有多少經驗才能把垃圾分類做得這麼好！」「阿姨是以打掃爲天職！」等等，這些沒有靈魂的話被當成了侮辱或嘲諷，甚至不久後金成坤還收到蘭希回給他的簡訊寫著「你神經病呀！」。

鎭錫每次聽到成坤敘述自己的錯誤操作都會手掌扶額，仰著頭綿綿不絕地大嘆一口氣。

「都是因爲您的稱讚沒有靈魂才會這樣！」

成坤一聽到鎮錫又老調重彈提起靈魂就惱羞成怒。

「話裡面要怎麼放入靈魂？要是能像吃泡麵放入調味料那樣，我也很願意啊。」

「啊，這話說得很好！靈魂就像調味料一樣。」

鎮錫喃喃自語了幾次之後，拿起放在角落裡的吉他，隨手撥弄琴弦，開始哼唱旋律。最近鎮錫的表情開朗多了，YouTube平台上存在許多擁有不同愛好的人，這當中就有和鎮錫志同道合的朋友。鎮錫現在不只是介紹流行音樂，似乎還打算創作帶有八〇年代風格的歌曲。他打算儘快組一個樂團，所以只要一有空就會打開MIDI軟體，開啓難以理解、簡短反覆的樂句Riff音頻檔案，努力尋找吸引人的音符放上去。

「靈魂就像泡麵調味料，爲白麵條染上色彩。」

鎮錫在不知不覺間完成了一小節。成坤不理他，自顧自地陷入了沉思。把靈魂掛在嘴上的人不是只有鎮錫，蘭希也是動不動就這麼說：

「你說話就只有算計，沒有靈魂。」

這話讓成坤聽了直跳腳，氣到快瘋掉。

「那又怎樣？有那種算計才會說那種話呀，難道說話光是爲了傳遞靈魂？」

成坤反擊。在生意接二連三失敗之後，成坤沒心思顧及旁人情緒，總是將滿腔挫折用不耐煩來表達，臉上常出現的只有三種表情——生氣、忍氣、忍著氣強顏歡笑。而且只有在家裡他才會大肆發洩負面情緒。成坤簡直像惜字如金一般捨不得說半句好話，反而更習慣用這樣不耐煩的語氣說話。

「抱歉呀，我就是這麼沒出息。可以了吧！」

儘管他已經猜到接下來不會有好話，還是先吐爲快。他當然知道那不是自己的眞心話，也知道那種沒有靈魂的話會傷到自己和他人的心。但就算這些他全都清楚，卻還是忍不住從嘴裡滔滔不絕地說了出來。做好事很容易，大家卻不願意做；做壞事結果可想而知，大家卻總是先做了再說，這就是生命的謎團。

後來，蘭希再也無法忍受，說成坤的存在給她帶來很大痛苦，於是兩人步入了分居狀態。

成坤心痛不已，表面上看起來滿腔怒火，內心其實很痛苦。而且即使在他必須守護的東西崩塌的那一刻，他也沒有勇氣說出自己心好痛，只選擇狂暴地衝出家門，這行爲既幼稚又愚蠢。

26

大雨傾盆而下，雨線順著強風的方向被吹得歪歪斜斜的。早上出門以後，成坤的心情就很不好，在雨天濕滑的路上騎車讓他差點滑倒，分心看手機時還差點撞到過馬路的行人。想到萬一出了事故，就會以自己的失誤和過失處理，他頓時火冒三丈。就連今天騎著破爛腳踏車出門的處境，也讓他覺得自己格外愚蠢。

這時正好經過補習班前面的三叉路口，成坤又看到了那位接駁車司機。狂風暴雨肆虐的下午，男人連雨傘都沒撐，在大樓和接駁車之間來回奔走，不知道在做什麼，雨水打在他的臉上，他整張臉都皺了起來。「是吧，像今天這樣的天氣，你也無計可施了吧！」成坤心中湧起小小的勝利感，踩著踏板冒雨前行。

然而，僅僅過了十五分鐘，在回程路上成坤看到了完全不同的景象。

男人把毛氈鋪在地面上，上方搭起一個小小的塑膠頂棚，這時已經做出了一條孩子們不用冒雨就可以上車的通道。孩子們沿著這條連接到車上的通道，和平時一樣蹦蹦跳跳地走路，和藹親切的男人帶著孩子們上車，並對每一個孩子都報以微笑。然後，他停頓了一下，用孩童般天眞無邪的眼神望著凝結在塑膠通道柱子上的雨滴。

看到這一幕，金成坤一方面覺得那人眞了不起，但同時也很生氣——這種事情只有有心人才做得到啦！有的人天生就是這種個性。

成坤一整天都抱著這樣的想法忙碌地工作，幸好還記得要抬頭挺胸，維持姿勢。那天他也對顧客們囑咐「天雨路滑、路上小心」的註記感到格外氣憤，「反正都要作賤身體了，倒不如多多接單，多賺幾個錢，這是所有外送員的想法，你們會不知道嗎？不要以爲你們發送這種註記或取消外送，自己就能變成多了不起的人！」成坤在心裡咒罵連連。

雨一直下到傍晚天色昏暗的時候才停，濕到大腿的褲子和一身潮氣的疲倦，讓金成坤連踩踏板的力氣都沒有，他只好牽著腳踏車步伐沉重地走了起來。但在莫名的好奇心驅使下，他捨棄近路，故意繞到補習班那邊去。整排黃色接駁車一如往常排隊等孩子們下課，成坤四下張望尋找那男人，隨即目睹男人出乎意料的舉動。

在周圍或抽菸、或聊天的其他司機身後，成坤看到了那男人。他在兩棟大樓之間的空地上彎著腰、雙手拄著大腿靜靜地不知道在看什麼，腳邊積了一堆花瓣。「早上看雨滴，現在看花瓣？這是在耍什麼花招？又不是女高中生！」成坤這麼想著，咻地掠過男人，把腳踏車隨便停靠在觸目可及的一處牆邊，大踏步走了回來。然後，就用近乎發怒的聲音質問：

「您在做什麼？」

聽到成坤的話，男人慢慢直起身子，名牌上的「朴實英司機」幾個字映入成坤眼中。

「嗄？」

那男人問，光靠這麼一個音節就能感受到他深刻而強大的力量。朴實英顯得善良又有禮，同時也露出「主導權在我手上」的表情等著成坤回答。成坤辯白似的補充著說：

「啊，我是之前經常路過這裡的人，每次看到老伯您做的事情都覺得無法理解。」

朴實英一副「我才不理解你」的模樣，默默地把雙臂交抱在胸前。金成坤開始結結巴巴地解釋，語無倫次的說詞也不知是從嘴裡還是鼻子裡嘟囔著說出來。

成坤用著比眞心高出三度左右的熱忱說，自己偶爾經過這裡都正好看到他，對他始終超然於世的態度深受觸動。等成坤終於說完了話，朴實英才莞爾一笑。

「老闆您工作這麼忙，竟然還會注意我這樣的人，謝謝啦！」

「不是刻意注意的，是因爲您的舉動或表情經常吸引我的目光，所以才感到好奇。」

「對哪一點感到好奇？」

「啊，好比您從來都不生氣嗎？像是不耐煩或發火之類的。我看您總是像天眞的孩子一樣笑呵呵的。」

「你想聽到什麼回答？」

雖然他面帶笑容，語氣卻很凌厲，像是在警告「你如果再胡說八道就趕緊給我滾」的感覺。這是一種切中要害的技巧，內裡暗藏玄機，一不小心就會受重傷。

「我的意思是，我想知道您是怎麼一直保持開朗的。」

成坤一緊張態度就更加畢恭畢敬，朴實英仔細端詳著成坤的表情。

「老闆您是不是常常在生氣？」

朴實英的話讓成坤無言以對，一想到自己在他眼中顯得多麼可憐，成坤就想鑽到老鼠洞去。

「生活中難免會發生讓人生氣的事情……」

成坤愈說愈小聲，勉強給出一個簡短的回答，就看到朴實英露出高手的笑容。真是太丟臉了！

「我不知道你究竟對什麼感到好奇，不過我在生活中有一個絕對要遵守的習慣。」

「是什麼習慣？」

成坤咕嘟一聲嚥了口口水問。

「就是凡事都要認真感受。」

朴實英輕描淡寫地回答。

「認真感受？」

「然後還有一點。」

「是什麼？」

「一次只做一件事情，吃飯的時候專心吃飯，走路的時候專心走路，工作的時候專心工作。如果每時每刻都能這樣踏踏實實地去做，就可以減少不必要的情感消耗。」

這話和成坤的想法也差不多，就像他透過經驗早就知道，直背挺胸這等沒有目的的單純行爲是支撐自己生活的祕訣一樣。但是，光憑這點並不能解開疑問，所以朴實英接著說：

「最後還有一點，關掉思考的開關，直視這個世界。我們經常花費太多的精力和情緒來判斷某些事情，因此就會胡思亂想，而無法直視或理解這個世界。也就是說，因爲『思考』就像是自己專用的有色眼鏡一樣，所以必須先關掉思考的開關才行。接下來就很簡單了，落葉就看做是落葉、電線桿就看做是電線桿；紅色是紅色、黃色是黃色，照原樣接受就可以了。但有一點要注意的是，那邊的路燈看到了吧，你覺得是什麼顏色？」

金成坤望著對面朴實英手指的路燈。

「當然是橘紅色的。」

成坤以一種「難道還會是其他顏色？」以示這提問很荒誕的語氣回答。

「你仔細看看，眞的是橘紅色嗎？」

成坤照著男人說的做了，但腦子裡還在想「難道要分析那是不是一個散發著橘紅色光芒的眞實路燈？」。朴實英望著路燈低聲說：

「仔細看的話，上端角落是火紅色，到中間的橙色爲止有著層層的色彩，中間還點綴了一些黑點。還有那邊，有個角落也閃爍著非常微弱的藍色光芒。」

成坤同意朴實英的話。

「你知道嗎？我們當然可以說那盞路燈是橘紅色的，但看的時候就不能那麼看。當你說出『路燈是橘紅色的』這句話時，就表示你看的東西不對。明明眼睛看到了很多種顏色，嘴巴卻先一步斷定只看到一種顏色。我們應該按照眞實呈現，也就是按照眼睛所看到的去感覺才對。這麼一來，奇妙的事情就會開始出現，我們也會發現這世界充滿了各種新奇美好的事物。」

朴實英笑著說。成坤雖然認同，但還是有些不明白，所以又問：

「好吧，就算路燈有很多顏色好了。如果只是單獨一個路燈的話或許沒問題，但看路燈可以和其他事情同時進行嗎？要是我的話，這麼做怕就要錯過綠燈了，還有可能會出車禍。老伯您都沒有這樣的顧慮嗎？萬一漏接了孩子或出了事故怎麼辦？」

「嗯。」

朴實英的頭左右晃了晃，露出了智者般的微笑。

「我們是怎麼做到邊吃飯邊看電視的？還有邊說話邊看綠燈過馬路呢？當然這需要技巧和專注力，但只要熟練了以後全都做得到。這麼說不知道你能不能理解，不過最重要的還是先前提到的方法，一切只要認眞感受就行。」

不知不覺中孩子們從補習班裡蜂湧而出，朴實英禮貌性地微微點頭致意後，就朝著孩子們走去，很快地，黃色接駁車從被雨淋濕的落花小徑緩緩駛出。不知道爲什麼，成坤無法挪移腳步，在那條路上默默地佇立良久。

27

成坤的母親崔榮順·克拉拉很喜歡花，遇到花開時會很高興，花謝時節則是相當惆悵。冬天的時候期待春花，春天一來，她就會像是人生中第一次迎接春天似的驚喜讚嘆。

「柔柔的春風，嫩嫩的花瓣，看看那閃爍的星星吧！」母親經常這麼說。

成坤只覺得母親的感嘆令人厭煩和疲憊，他甚至認爲母親是爲了逃避辛苦單調的生活，才會傳給他路邊拍的小花照片。當他忙到自顧不暇的時候，就會毫不隱瞞說出這樣的想法。

「媽，那種話我聽了一點感覺都沒有，所以就別再說了。每次妳這麼說的時候，我都不知道該回答什麼，煩都煩死了。所以呢？花開了又怎樣，嗯？要我去摘下來嗎？不是嘛！難道非要我說『媽，妳說得很對！』才行？每次妳嘀嘀咕咕說花開了的時候，到底是想聽我回答什麼？」

實際上，這種話他說過好幾次，每次他母親都會回答：

「好啦，對不起！」

然後眼光掠過剛剛擦拭清理的蘭花，靜靜望向窗外社區裡的小樹林，嘴裡低聲哼著歌。一聽到那歌聲，兒子便會嘆一聲「唉，眞受不了妳！」，並氣得奪門而出，留下老母親一個人在家。

因胰臟癌而臥病在床的母親一臉蒼白，就像在回應幾年前先離世的父親召喚似的，母親也做好了離開的準備。

「成坤呀！」

母親喊了前來探病的金成坤一聲。成坤以爲母親睡著了，沒想到母親一直在旁看著，而自己才剛剛和客戶用電話吵完架。

「嗯，媽。」

金成坤連忙轉過身來。

「你幫媽媽剪剪腳趾甲。」

「腳趾甲？」

「腳趾甲太長了，我不喜歡！」

金成坤掀開蓋在患病的母親身上的薄被。

「再怎麼麻煩，也要經常修剪手指甲、腳趾甲。我到了七十歲以後也就這件事情一直堅持了下來。誰知道哪天就會被抬走，死的時候指甲那麼長，太難看了。我只不過是一下子忘了幾天沒剪而已，死神就突然找上門，眞是氣死人了！」

「說什麼廢話！」

成坤回答，眼眶早已發紅。

「要是平時，這種事情我也不會拜託你。這是第一次，所以你會幫我剪吧？最好讓我在指甲又長長之前趕緊走掉算了。」

「媽，妳不要老是說這種話，還不如有什麼要我做的，就趕緊吩咐吧。」

「身體都快死了，爲什麼手指甲、腳趾甲還這麼可憐地拚命長？我眞想把用在這裡的力氣花在別的地方，譬如帶大孩子或培育幼苗。又不是我要它長，但這下看起來就像我在貪圖什麼似的，眞是討厭。」

成坤用手梳理母親的頭髮。

「快點，趁著沒人的時候。」

成坤的呼吸突然間變得有點困難，母親說話的聲音讓他心神不定，他抖著手拿起指甲剪。暗灰色乾瘦的腳、如冬天枯枝般的手，曾經溫潤富態的母親，何時變成了這般瘦骨嶙峋、有如乾枯老樹的樣子？而榨乾了母親精力的自己，卻是變成肥胖到難看的地步。

成坤哽咽著爲母親剪腳趾甲，喀噠喀噠，病房裡響起了相當生動、輕快的聲音，母親的腳變乾淨了。母親雙眼閃閃發亮地說：

「我終於可以稍微有點自信地離開了！」

崔榮順．克拉拉女士的臉露出有如銘刻上去的燦笑，這也成了成坤記憶中母親的最後一次笑容。

母親的死給金成坤留下了悲傷，但懺悔和後悔的眼淚也只是暫時的。那之後，成坤迅速回歸正常生活，在繁忙的日子裡，父母的存在很快就變得模糊起來。

雨停的傍晚，久未想起的母親浮現在金成坤的記憶中。要說成坤對母親感觸良多，那對蘭希也是一樣，或許正因爲如此，婆媳兩人才會那麼合得來。她兩人的語氣都同樣是以感嘆詞「~呀！」作爲結束——「雲好像地毯呀！」「花好紅呀！」「硬麵包吃起來好香呀！」。兩人都是用感覺來理解所有的現象，再以敘述感覺的方式說出來。

相反地，成坤對此的反應卻一貫冷淡。心情好的時候隨口應一聲「喔！」，碰上心情哪怕只是稍微差一點的時候，就會以「所以呢？」「那又怎樣？」「關我屁事！」之類的攻擊，將她們的感嘆變成毫無價值、毫無意義、毫無用處的東西。

金成坤的發言多半是以「聽說」和「人家說」展開——「聽說這個能賺錢！」「聽說那家投顧眞的很可靠！」「人家說只要開店保證能賺大錢！」。就連提到一朵花的時候，他的腦子也只對「從那花的黃色還是紅色部位萃取出來的某種成分具投資價值」這類話題有反應，這也是作爲生意人在心態上該有的觀點。可是，凡事只看功效和用處的態度，也使得他身上某些重要的東西逐漸退化。

金成坤．安德烈亞慢慢忘記了該如何感嘆、如何驚訝、如何在毫無目的的情況下耐心地觀察事物和世界。從一個忘記了這些東西的人身上，不可能流露出眞誠的微笑或是從容不迫之類的氣質。

成坤想起滿臉皺紋、生性嚴厲、這輩子沒和他說過幾句話的父親。父親這一生爲了遵守規則而生活在規則裡，這樣的父親卻在去世前戒掉了一件又一件東西。首先戒掉了哨子，然後戒掉了菸、戒掉了酒、戒掉了說話，最後戒掉了思考。父親成天愣愣地坐在椅子上，不緊不慢地看著這世間，彷彿是想將過去因爲規則和紀律而未能感受的世界盡收眼底一般，不眠不休、沒完沒了地看著風景。

或許是因爲他這輩子大半都在和人打交道，所以父親刻意不看人，只凝望著天空、大地、雲彩和小草。彷彿是到了該離開這世界的時候，才想著哪怕只有一點點，也該帶著自己曾經錯過的東西走。

金成坤很好奇，當自己到了那個時候，也會凝望這個世界嗎？以一雙迷離的眼睛和一顆即將逝去的心，好好看看這世界。

28

在成坤認識的人當中，雅瑩是最忠於自我感覺的人，這是指年幼的雅瑩，還在嬰兒時期的雅瑩。那時的雅瑩會爲了小事而哭，爲了更小的事情而笑。

在雅瑩還沒學會走路之前的某個星期日白天，蘭希費了一番工夫好不容易把雅瑩哄睡之後就出門去了。成坤偶然間發現午睡中的雅瑩無聲無息地醒了，獨自從睡夢中醒來的雅瑩咯咯地笑著，不知爲何一副很陶醉的樣子。成坤把房門縫隙又稍微推開了一點，就看到雅瑩趴在房間地板上，臉頰一下子貼地，一下子離地，反覆做著這個動作，每次臉頰和地板的摩擦都會發出啪、啪的聲響。雅瑩似乎是覺得「嗒」一聲貼地、「啪」一聲離地的感覺很新奇有趣，所以她正樂此不疲。

雅瑩是個學什麼都很快的孩子，她從房間地板和臉頰的單純節奏中學會了發出這世上最動聽的笑聲；看到陽光透過窗戶在地板上映出彩虹，她便學會了將彩虹放在手掌上；爲了抓住從水龍頭裡流出的水柱，弄得水花四濺，她就像發現寶石似的驚訝地看著水珠；把柳橙貼近她鼻尖，她會因爲那奧妙甜蜜的香氣皺起鼻子笑。只要雅瑩發出笑聲，成坤頓時就會心花怒放，為了那笑聲，成坤可以獻出自己的生命。

「感覺」可以給人類帶來快樂，人類生來就是為了感受這種最單純的喜悅，這是成坤透過雅瑩而明白的事實。但是，他卻忘記了這個寶貴的領悟，把大多數的事情都當成是枯燥乏味的日常生活。

不知不覺間成坤的感覺已經退化成單純維持生命的器官，身體的感知也只用於笨拙的理由上：像是在等紅燈時發呆，後面一叭就趕緊出發；威士忌酒杯變溫就放冰塊進去；看到不喜歡的畫面就轉台等等的用途上。

如果說生活是由豐富多采的味道和香氣所組成的五斗櫃，那麼一直以來成坤就僅僅只打開了其中一個抽屜，而且還是盛裝著憤怒、煩躁、埋怨、憤慨、憂鬱、挫折的抽屜。不知不覺中，他忘記了如何打開另一個盛裝著眞正快樂的抽屜，更別提那個塞滿了難以言表的情感的抽屜，至今還是緊緊關閉，甚至是不知遺落到哪去了。

這一天，金成坤．安德烈亞突然停下腳步，看著沿路綻放的燦爛春日花朵。

他連花何時開的都不知道，季節就已經過了春日的巔峰。

「是呀，我沒有在觀察，所以感覺不到。」

成坤像個詩人一樣喃喃自語。

雖然在看，卻像沒看見一樣；雖然在聽，卻像沒聽見一樣；雖然在吃，卻一點也不知道是什麼滋味。

當成坤一下子用語言、用聲音所組成的話語來承認這個事實時，一股強烈的悲傷湧上心頭。金成坤以混雜著自嘲的苦笑，盡情領略這份情感。他曾經以爲身體擁有的諸多感覺器官都是毫無用處的，所以世上許多事情都被他忽略了。他甚至不記得自己有多久沒有好好欣賞花朵盛開時的美麗、食物的美味、某個人的絕望和悲傷。世上的一切都很無聊，因爲該知道的都知道了，該經歷的也差不多都經歷過了，再也沒有什麼新鮮事，生活不過是別人創造的舞台，他就只是那上面的一粒塵埃罷了。

退化的感覺就像鬧彆扭的孩子一樣，只向內伸出觸角。於是成坤會過度專注在自己的悲傷和絕望上，怪罪無法理解自己情感的其他人，尤其是家人。

既哀痛又揪心，既洩氣又惋惜。一想到愚笨的自己，還有被這個笨蛋傷害的人，他的心又是一陣刺痛。

但有一件事情是可以確定的，只有把隱藏在心底某個角落的那個抽屜找出來打開，才能尋回失去的靈魂。唯有如此，他的表情和語氣，以及對他人的稱讚，才能流露出眞情實意。因此金成坤必須重新召喚自己不經意遺棄在某處的感覺，熟悉這些感覺的使用方法，就像第一次學走路的孩子一樣，既單純又充滿新奇感。

π 出自《禮記・大學篇》：「（心不在焉，）視而不見，聽而不聞，食而不知其味。」

29

爲了找回感覺，金成坤．安德烈亞選擇了獨特而原始的實驗，這是他從腦海中突然浮現的昔日場景所獲得的提示。

生下雅瑩之後，蘭希在月子中心住了兩個禮拜。月子中心爲了讓產婦分泌乳汁，提供接近無鹽飲食的低鹽菜單。爲了製造健康無害的乳汁，蘭希吃的所有食物全都是不辣不鹹、無刺激性調味的飲食。在成坤看來，蘭希吃的東西非常乾淨單純，甚至讓人懷疑那樣的食物能吃得出什麼味道。

但是從月子中心回到自己家以後，問題就出現了。在這之前，蘭希最愛吃辛辣的食物，但從月子中心回來，才相隔短短兩個禮拜的時間，她就成了一個別說是辣泡菜了，連吃一口拉麵都會汗如雨下、伸著舌頭猛搧的人。

「原來食物裡的調味這麼重，我的口味變得太單純了吧……實在吃不下去。」

面對大多數的食物，蘭希都一臉沮喪地這麼說，花了很長的時間才終於又能吃得下辣泡菜、醬湯和拉麵。當她的口味恢復原狀時，蘭希遺憾地說：

「之前其實也不錯，可以吃出食材的原味，感覺挺新鮮的。」

成坤從現在開始要做的實驗也很類似，剛好前一天晚上吃的辣炒雞肉麵有點消化不良，肚子鬧了半晌，也沒吃晚飯，於是這個計畫很自然地就付諸實行。可能是因爲肚子不舒服，一直到第二天早上都不覺得餓，而且因爲有想法突然冒出來，金成坤一下子猛地坐起來，開始寫下幾點要項。他打算將所有的事情全部回歸原點，也就是返回「○」的狀態。方法其實很簡單，就是在接下來的四十八小時裡，關掉所有刺激性的開關和他所熟悉的一切事物。

金成坤甚至狠下心，決定爲了完成這個實驗，他要暫停兩天外送工作，也交代鎮錫這幾天先不要過來，然後果斷地關閉手機電源。成坤在筆記本上用悲壯的字體寫下行動要點：

不笑不哭，

不吃不動，

像石頭一樣，
像死物一樣！

30

金成坤．安德烈亞關掉套房裡所有的電源，拉下百葉窗。他打算除了上廁所和飲用預先準備好的水之外，盡最大的可能減少動作，只專注在內心的聲音和對外界的感覺上。

成坤一臉悲壯地在彈簧床躺下來，但還不到十分鐘就覺得餓了，是一股突如其來的強烈飢餓感。外頭來來去去的摩托車轟隆隆的聲音裡，夾雜著胃腸咕嚕嚕咕嚕嚕可笑的不和諧音，讓人心頭煩躁。

光線從沒能完全貼緊牆壁的百葉窗縫隙透了進來，即使在黑暗中，只要瞇起眼睛就能看到許多東西。好比壁紙上閃爍的紋路、靜靜飛舞的灰塵，還有隨著時間改變角度的陽光。

很快地，他感覺到比飢餓更令人難以忍受的口渴。金成坤一直忍耐到預先設定的水分攝取提示聲響起，才大口大口地喝了水。

成坤還繼續在拉肚子，身體少了可供消化的食物供給之後，排出的只有水，也造成了他跑廁所的次數多於預期。不過這樣反而更好，在什麼事都做不了的這段時間裡，他下意識地只是等著去廁所。就這樣靠著幾件瑣事殺時間，度過幾小時之後，身體開始慢慢地接受現狀。

於是，腦子開始胡思亂想，昔日的生活如電影般掠過眼前。彷彿看過的電影又重看一回似的，金成坤靜靜觀賞浮現在腦海裡的影像。即使看著過去的自己在絕望地哽咽、大聲地哀號，他也不爲所動。在這樣的情況下，皮膚敏銳地察覺到溫度的變化、偶爾有突如其來的發癢和刺痛。除此之外，還有一些煩人的感覺滲透進思緒之間。

金成坤雖然嘗試無視外界所有的刺激，但這是不可能的。他戴上眼罩，塞住耳朵，試圖把世界想像成一個什麼都沒有的黑點，但耳朵連最細微的聲音都感知得到，透過眼罩鑽進來的微弱光線在黑暗中不斷製造出讓人聯想到宇宙誕生的影像。

人類的感官天生就無法自行關閉，既然被生了下來，身體像是無論如何都要與這世界合而爲一似的，不斷地想感受外界的一切。

金成坤的身體在來到這世上將近五十年的歲月裡慢慢地磨損，發出僵硬的嘎吱嘎吱聲，而他的感覺也因爲長時間的工作，性能已大不如前。但就像李舜臣[註]擁有十二艘戰艦一樣，金成坤身上也仍舊擁有五個生鏽的感官。它們各自大肆叫囂著「我們能做的還很多」「我們還很有用」。

腦子裡不停地浮現想吃的東西，好想走一走、跑一跑，這個軀體就是爲了要感覺什麼，並在感覺到了就去做什麼而存在的。全身的細胞都在抗議：別像顆石頭一樣動也不動，趕緊衝出去奔向這個世界。

金成坤就這樣整整堅持了四十八小時，一直徘徊在似夢非夢、似醒非醒之間，自願禁錮在自己製造的牢籠裡。而在告知解放的鬧鈴終於響起的那一刻，金成坤立刻掏出耳塞，摘掉眼罩。刺目的光線、四處砰砰響起的噪音像煙火一樣震耳欲聾，瞬間湧入的感覺有如漩渦，衝擊力之大令他像是遭逢難以承受的暴力一般。逼得金成坤像彈簧一樣立刻從床上跳了起來。然而，即使才短短兩天的時間，

[註] 朝鮮時代著名將領，日本入侵朝鮮時期，曾數次在海上以卓越戰術擊敗日本海軍。

他的腰和腿卻已經僵硬到令人難以置信的程度，所以他又被迫蹲了下去。

一拉起百葉窗，明亮的光線如利刃般刺痛了他的眼睛，向後傾倒的身體不由自主發出「啊！」的一聲。儘管如此，看到光線還是很令人高興的，金成坤發出類似殭屍的低沉吼聲，動作遲緩地站了起來，雙腳可以感覺到上方傳來笨重的重量，讓他忍不住感謝腿腳爲他撐起這具沉重的身軀。他急忙拿起在桌上放了兩天，那個香氣不時刺激他鼻子的蘋果。蘋果褪了色，早已變得鬆鬆軟軟，一抓就印下五個指甲印。他大大啃了一口蘋果，甘甜溫暖的汁液滋潤了口腔，隔了兩天才終於有食物沿著食道送入，內臟歡喜地嘰哩咕嚕叫。

金成坤深深吸了一口氣，走出房間到街上去。路上行人的一舉一動和表情生動地呈現在他眼前，翻過來向上的手掌有著太陽的熱氣，風掠過他的臉頰，帶來混合著無數人和物、自然和人工物質的氣味，這世上充斥著無窮無盡的事物。「充滿混亂而令人頭暈腦脹」的另一種說法就是「充滿活力和動力」，金成坤混在人群裡，全身都在迎接這無以名狀的感覺風暴。

人們是爲了體驗這些純天然的感官刺激，才喝酒和吸毒的嗎？因爲他們想用皮膚來感受眼睛所看到的東西、用腳尖來體會耳朵聽到的東西、用地球的晃動來感覺心臟的顫動。

金成坤想親身體會這些感覺，就像幼小的雅瑩那樣，就像依然帶著童稚視角看世界的朴實英司機那樣。

31

金成坤沒多久就習慣了這些感覺，用不了半天的時間，他所有的感官就回到兩天前的狀態。汽車向前行駛、人們邊走邊低頭滑手機，很快就像以前一樣接受這些熟悉的風景。

但是他的心中還是留有疑問，大部分事物只是短暫帶來一點感覺，隨後就被遺忘，但是也有些事物在產生一些感覺後還會留下餘韻。所見的殘像、所聽的餘音、所嗅的殘香之類的，是在何時、又是如何產生的呢？那些東西代表了什麼意義？金成坤邊騎著車奔馳在街道上，邊思考著：到底最後會有什麼東西留下來呢？

幾天後某個下著小雨的傍晚，金成坤又出去外送。在商務套房緊閉的門前放下海苔飯捲和辣炒拉麵年糕條；到辦公室緊閉的門前放下咖啡和麵包；再來到高層公寓緊閉的門前放下披薩。和以往的每一天一樣，他一整天就只看到一扇扇緊閉的門。

當他最後將炸雞放在某間公寓門前，滿身疲憊地正要走回電梯時，門喀啦一聲打開了，一個十歲左右的孩子稍稍探出頭來撿起袋子。不經意間對上成坤的目光，孩子猛然低下頭砰地一聲關上門，隨著門後面噠噠噠的奔跑聲，也響起了一家人「哇，炸雞！」的歡呼聲，留下瀰漫在整條走廊上的炸雞味道和一身濕淋淋、不自覺露出微笑的金成坤，以及透過走廊窗縫間看到的雨天傍晚景象。這種事情時而有之，成坤從來不當一回事，但今天這個場景卻莫名地留在了他的腦海裡。

當天晚上，成坤做了一個夢。陽光灑在海面上閃著粼粼波光，成坤一家人來到海邊，雅瑩正堆著一個好看的沙堡，卻突然用軟軟的小手抓了一把沙子攤開在掌心上。握著金沙似的沙子，雅瑩咯咯地笑了起來。

沙子突然變成塵土，迷濛了成坤的眼睛，塵土飛揚中，成坤所在位置轉換了場景。這裡是騎馬體驗場，六歲的雅瑩騎著馬經過乾硬的黃土地，每轉一圈，馬蹄揚起的塵土都刺痛了成坤和蘭希的眼睛。然而，即使揉著火辣辣的眼睛，卻在一看到雅瑩以充滿自信的表情向他們揮手就滿心歡喜。「是呀，我還有這麼美好的回憶呢！」成坤默默地回想。

天突然暗了下來，數不清的星星一鼓作氣出現在天空。成坤和蘭希赤身裸體躺在星光下，那是度蜜月時去的加拿大，在夏夜的極光下。

「爲何時間不能就此停住？」

年輕的成坤問。

「因爲後面還有比這更美好的。」

蘭希回答。

「美好會消失，會變質、褪色。」

聽了成坤的話，蘭希搖搖頭。

「不，美好會被保留下來。」

蘭希靜靜地微笑。先不管那微笑，現在成坤又是只剩自己一個人，這是澳洲的某座島上，前面有沙漠，後面是森林，往下看就是大海，夢幻般的景象從四面八方包圍住他。太陽就在他面前升起、落下，紅紅的太陽光消失的那一刻，成坤喃喃自語：

「美好會被保留下來。」

就在他說出這句話的瞬間，黑漆漆的夜空裡如煙花般綻放的星群化爲艷麗的光粉傾瀉而下。夢醒的瞬間，成坤明知剛才的一切都是夢，但他沒有睜開眼睛，蘭希的呢喃、雅瑩的笑聲、小草拂過手心時的柔軟觸感、不知何時大口大口喝下的水的滋味，全部都依然記憶猶新。體內所有的感覺合而爲一，形成如極光般燦爛、柔和、溫暖的紋理。眞美！而這份美好在他的心中原封不動、完好無損地保留下來。

金成坤流著淚睜開眼睛，全身被包裹在衝擊性的感覺裡，他就像剛出生的嬰兒一樣啜泣了許久。

哭聲一停，他的腦海中開始隱約浮現了些什麼。這段時間以來他所做的各種微不足道的動作，全都轉向同一個目標，現在，是時候將這些東西和他人分享了。就像不小心打翻的顏料渲染開來形成美麗的圖畫一般，金成坤沒有中斷腦子裡閃過的念頭，而是繼續發想下去。遠大、宏偉、讓人捨不得獨享的啓示，足以貫徹人生的什麼東西，在不知不覺間填滿了他的心和腦海。

32

金成坤像不倒翁一樣猛然坐起，平時連仰臥起坐都感到吃力的他能這樣一下子坐起來，就只有在心燈亮起的時候。以前他也時常在深夜裡因爲一個突然浮現的創意，搖醒熟睡的蘭希連夜寫起企畫書。這種靈光乍現的想法他不知道有過多少次，但之前的情況大多數以失敗告終。根據過往經驗，這回他應該從一開始就打住才對。金成坤調整了一下呼吸，遵照理性的指示，再次讓身體緩緩向後躺平。

然而，才過了不到五秒的時間，他又猛然坐了起來。

睡意已經完全飛走了。

當成坤回過神時，才發現手指頭已經在電腦的空白文件上飛快地輸入新企畫的方向和內容。看起來眞的很不錯，儘管過去有不少創業經驗，但從沒有像現在這樣，這是第一個讓他全身顫慄的創意。成坤不時停下打字的動作，雙手像抓著握力器一樣反覆縮放，不明所以的惡寒讓身體微微發著抖。

這既不是買賣，也不是能保證成功的一記重拳，就像他曾經對鎭錫說過的一樣，做什麼事情都要優先考慮意義。

成坤先以日記形式簡短敘述他過去幾個月來的經歷，也就是從站在漢江前沒能跳下去開始到目前爲止的種種，還有他從中所得到的啓示。寫完以後，他開始提出幾個問題。

・你眞的想改變嗎？
・哪怕只是一點點的改變，也想成爲不同的人嗎？
・想不想在他人默默支持下描繪出專屬自己的美好軌跡呢？
・想不想像脫胎換骨一樣，打破自己重新塑造呢？

那天晚上，成坤徹夜未眠寫出了企畫書草案。直到太陽高高升起之後，他才停下一切，陷入夢鄉。

第三章

救命稻草專案

33

走進咖啡館，蘭希的目光對上稍遠處看到她前來而起身相迎的成坤。她不禁呼吸一滯，後悔自己不該來這裡，同時也回憶起在這裡第一次見到成坤的那日。影猜室的唇槍舌劍到最後以閃聚方式見到的男人，那天也是先抵達咖啡館。那時的他一看到她，也像今天一樣有點吃驚地起身迎接。當天的蘭希在那一瞬間彷彿感受到了某種命運，一種讓她高興、讓她滿懷歡喜、讓她生下這世上無可取代的存在，卻也讓她帶著傷痛、絕望和後悔捶胸頓足的命運。

今天面對面坐在一起的蘭希和成坤，比起二十年前命運交會的那時候，各方面都已老化不少。曾經，他們心中有著滿滿的愛情和對光明未來的信心，如今已然枯萎、褪色和生鏽，就像她眼中的成坤一樣，而在成坤眼中的自己，也一定是這般模樣。

但是這一天蘭希看到了不一樣的景象，熟悉又不祥的光芒隱約照亮了成坤。那是成坤想嘗試做什麼的眼神，蘭希對此早已見怪不怪，只覺得膩煩。可是，又似乎哪裡有點不太一樣，成坤的眼神不像以前彷彿要鬧出什麼騷亂似的燃著熊熊火光，而是如溫暖燭光或如螢火蟲的螢光一樣靜靜地、沉著且堅毅地閃爍著。丈夫身上散發出以往從未見過的穩重和專注，如果說以前的他就像香檳一樣，開瓶的瞬間全都爆發出來，那麼現在的他明顯流露出向下沉澱的穩重。再加上雖然有點靦腆，卻沉穩地對待自己的態度，蘭希反射性地迴避成坤的視線。

「過得還好吧？」成坤開口說。

「嗯。」

蘭希故意乾咳了一下，她不想讓自己有種像是在跟分手戀人對話的感覺。

「有話快說！」

「喔，好，妳很忙吧！」

成坤猶豫了一下，才囉囉嗦嗦地說了老半天自己的近況。明明自己一點也不好奇，但蘭希仍豎起耳朵默默聽成坤說他住在商務套房，做著餐點外送的工作，已經開始嘗試某個新的創意。聽著聽著她突然回過神來。

「說正事！」

蘭希嚴厲地說，還按了按手機確認時間。

「快點！」

在蘭希的一擊之下，成坤不知所措地撓了撓頭，然後語速飛快地說：

「那個，是這樣的，我腦子裡突然有個想法，而我第一個想商量的對象就是妳。」

「爲什麼？你不是從來都不聽我的話嗎？」蘭希反駁。

蘭希也確實說的沒錯，成坤每次都會問蘭希的意見，最後卻往往不顧蘭希的想法，按照自己的想法行事，而且是所有的事情都是如此。

「你不要找我，去跟更懂的人商量吧！你不是每次都罵我什麼都不懂嗎？」

成坤不停地撓頭。

「哎，眞是的……我不知道這話妳會怎麼想，但我好歹認識妳二十多年了，所以即使決定都是我在做，還是想要先聽聽妳怎麼說，不管妳說的是什麼，我心裡才能有個標準。」

「說那什麼屁話！」

蘭希一聲大喝，成坤像被嚇到似的抖了一下。今天對話的主導權在蘭希，蘭希不打算錯過這個機會。

「村上春樹你知道吧？他是小說家，聽說他每次完成一部作品都會讓他老婆第一個看。編輯每次都會換，但老婆是同一個，所以老婆的意見對村上來說，就成了衡量的標準。」

「問題是，我還是你老婆嗎？」

蘭希左右搖晃著咖啡杯，對著到目前爲止還是她法律上配偶的成坤問。

成坤舔了舔嘴唇，像是出了一頭冷汗似的抹抹額頭。蘭希看了成坤一眼，若換作平時，成坤早就陶醉在自己的話裡面，不管蘭希聽不聽，都會自顧自的興高采烈地發表豪言壯語。不過，今天的成坤並沒有那樣做，雖然看上去有點小心翼翼、無精打采的，但是整個人卻散發著沉著穩重的氣息。

「那你就說說看吧！」

蘭希喝了一口咖啡，趕緊補充了一句：「盡量說快一點。」

成坤的臉亮了起來，猛然向前靠近，讓蘭希像避開上勾拳的拳擊選手一樣，上身反射性地後仰。成坤露出尷尬的表情，隨即拉開話匣子。

原本心不甘情不願的蘭希不自覺地專注傾聽了起來，成坤說的內容和他以前做過的事性質完全不同，是關於每個人都想做，對每個人來說都很迫切，但每個人又都很容易放棄的某些東西。成坤一直說，蘭希邊聽邊偷偷將自己代入其中，「沒錯，我也是這樣，大家都是這樣！」這句話在她的心中悄然響起，好幾次她都不由自主地點了點頭。

成坤終於說完了，就像在重要人士面前剛剛結束一場攸關人生的彙報一樣，成坤大大地喘了一口氣，抹抹額頭，笑了起來。蘭希對成坤如此小心翼翼，卻又充滿自信的說話模樣感到很陌生，她平靜地開口說：「改變嗎……」

蘭希面對這個太過熟悉反而變得生疏的詞彙，頓了頓才又接著說：

「也就是說，這是爲了一些想有所改變的人而提出的構想？」

「嗯！」

「你現在這個想法，還挺有靈魂色彩的。」

蘭希彆扭地說，但成坤卻像聽到稱讚的孩子一般笑了起來。

「是還不賴，想要有所改變的人很多，我也是其中之一！」

蘭希用帶刺的語氣附加了一句。她覺得自己一旦開了口就會一直說下去，可是她打一開始就沒打算和成坤面對面一起坐太久，所以乾脆站起來抓著包包的帶子說：「這樣夠了沒？以後別再來問我了。」

「謝謝，妳剛才說得很好！」成坤強忍住心酸，看著蘭希回答。

蘭希急忙避開他的視線，一時之間想起回憶中當年那個自己深愛過的男人，不禁一陣心慌意亂。

從咖啡館出來，走了差不多一個街區遠的距離時，蘭希回頭瞥了一眼剛才待過的大樓。成坤應該還在那裡面，今天他身上確實有些不一樣的東西。

蘭希不喜歡這種複雜的心情，一想起成坤曾給她帶來身體和心靈上的傷害，她只想把他留在過去，自己大步向前走。他們之間堆積了太多太重的恩怨，已經不可能破鏡重圓。事實上，蘭希只想忘掉成坤，也已經忘了很多，對沒有他的生活感到非常滿足——新的職場、不多卻夠用的固定收入、剛剛開始綻放的小小夢想和勇氣。原以爲這一切會很艱難，但親身經歷之後才發現，路是人走出來的，而她正在爲自己的人生描繪著超乎預想、更爲有意義的地圖，也因此她不想和成坤這個名義上的丈夫重新恢復某種關係。

不過，作爲昔日搭檔，至少有一點是她眞心期盼的。

「希望你能有好的結果！」

蘭希這一句似有若無的祝福，悄悄滲入人潮洶湧的正午空氣中。

34

和成坤道別之後，蘭希來到補習班前接雅瑩，看到孩子一個個疲憊地垂著肩膀走出來，她的心情也跟著低落。蘭希和成坤對雅瑩來說是罪人，一想起當著雅瑩的面發生的衝突，她內心的一角就忍不住感傷難過。即使小小的雅瑩哭著哀求「不要再吵了！」，但深陷在各自情緒裡的夫妻兩人依然沒有停下激烈的爭吵。在這點上，蘭希認爲自己和成坤是共犯，所以在不知不覺間，一來到有什麼事都悶在心裡不說的十多歲雅瑩面前，她只感到無盡的抱歉。

「累了吧？要不要去吃馬鈴薯豬骨湯？」

蘭希一臉希冀的表情，但其實她絲毫不抱任何希望地問了一句。

「嗯。」

意外地得到了肯定的回答。這天剛好發薪水，蘭希慶幸自己在有可能失望的情況下仍抱著希望多問了一句，也很開心自己眞的這麼做了。

沒過多久，母女倆就來到一家小小的馬鈴薯豬骨湯店，盤腿坐下等著上菜。

這裡是雅瑩從小就常來的地方，蘭希還記得她把雅瑩從嬰兒背帶裡放下來，讓她睡在炕板坐墊上，自己和成坤共飲燒酒的情景。等到雅瑩長大以後也喜歡吃馬鈴薯豬骨湯時，這家食堂就被評定爲一家三口的首選據點，不過和成坤分居之後就很少來了。

蘭希按摩雅瑩又白又長的腿，進入青春期的雅瑩頓時不說話了。平時連摸摸她的頭，她都會瞪眼怒視喊著「不要碰我！」，看來今天眞的累了吧。偶爾跟她說話，也是一副冷冰冰的態度，裝出自己已經長大的樣子，現在又默默把自己的身體交到媽媽手上，雅瑩果然還是個不折不扣的孩子呀。

「很累吧？」

蘭希問，雅瑩在數學補習班連續上了五個小時的課才出來，就算大家都說學習不再是唯一的生存之道，蘭希也沒有其他的辦法可想，更何況最近大家都說，數學成績不好就別想上大學了。生活中能用到數學的事情有那麼多嗎？坦白說，蘭希不太能理解。以前的大學聯考似乎單純多了，現在全都變得讓人暈頭轉向，蘭希對大考制度聽了又聽，還是一頭霧水。自己像別人一樣把孩子逼進一個自己也不認同的系統裡，還嚴厲要求她要認眞用功，這讓蘭希常常感到內疚不已，就算這樣她頂多也只是在平時說句「很辛苦吧，不過還是要用功呀，不然能怎麼辦？」而已。可是碰上她也力不從心的時候，還是會不加思索地痛罵：「再這樣下去妳將來想做什麼？妳以爲只有妳一個人辛苦嗎？世上所有人都很辛苦，妳這種程度要知足了！」。她就是這麼一個平凡、沒出息的媽媽。

蘭希看著咕嘟咕嘟煮沸的馬鈴薯豬骨湯，不明白自己的生活爲何如此小氣寒磣，就像眼前這盤放在褪色小碟裡的辣拌生白菜一樣，經日光燈一照完全是素面朝天，原形畢露。正當蘭希胡思亂想之際，雅瑩輕聲低語說：

「媽，我們可以改變人生或命運嗎？」

蘭希本來想問「妳怎麼突然對這種東西感到好奇？」，但臨時換了個說法。

「當然可以，就看我們怎麼做。」

雖然沒什麼信心，但也沒忘記補充一句。

「命運是自己創造出來的。」

雅瑩嘆了口氣。

「我不這麼認爲，我早就覺得所有的事情都不對勁，路已經被決定好了，我再怎麼努力，還是走在既定的道路上。就像工廠生產線上的商品一樣，從一開始就已經被決定好要貼上何種標籤。只因爲生產線錯綜複雜地纏繞在一起，才會僥倖地抱著無謂的希望，然後到頭來還是完蛋，只會被貼上從一開始就預先決定好的標籤。」

雅瑩出乎意料的發言，讓蘭希心裡一沉，才國中二年級的學生，竟然已經有了這樣的想法。看看蘭希自己的經歷，她很難說這種看法不對，但身爲母親，她又不想說出「妳說的對！」這句話，蘭希想成爲一個能提出不同觀點的母親。

「妳身邊的同學也這麼想嗎？」

「那當然！」

「妳也覺得那話是對的嗎？」

雅瑩慢慢直起身子，把撒了一層厚厚胡麻粉的芝麻葉浸到湯裡去。

「我不知道，但我覺得不管是什麼事情，從一開始就放棄的話，可能心裡會更輕鬆。」

「連試都沒試過爲什麼要放棄？」

「試了有什麼用，結果還不是一樣，白費力氣而已。」

雅瑩說完發怒般飛快地瞥了蘭希一眼，像是在說爸媽的人生不就是最好的例子嗎？蘭希只好像所謂「母親」的人都應該做的那樣，勉爲其難地鼓勵說：

「可是雅瑩，妳會說出這些話就表示妳也想有所改變，不是嗎？」

「我嗎？」

雅瑩哈哈大笑。

「我能改變什麼？怎麼改變？我只是覺得自己做不到，所以才這麼說罷了。」

「如果，我是說如果喔！」

蘭希邊說，邊想起了白天和成坤之間的對話。

「如果說妳能持續改變一些小動作或習慣，然後因此改變妳的想法，再進一步改變妳的人生，妳相不相信？」

「不相信！」

雅瑩斷然的回答讓蘭希感到很沮喪，之後兩人便不再說話。雖然蘭希已經沒了胃口，但雅瑩即便說了那些自嘲的話，卻還是很熟練地啃著骨頭，飛快地清空了湯碗。直到雅瑩第三次加滿辣蘿蔔塊之後，才又突然開口說：

「我想一想媽媽說的也有道理，沒錯，大家都想有所改變。」

「是嗎？」

「嗯，只不過有些人先放棄了而已。我一面吃飯一面想，我說的話也算是一種牢騷，如果我一開始就充滿了希望，卻沒有得到好結果，不是很丟臉嗎？顯得過去很沒見識的樣子。既然如此，還不如做出憤世嫉俗的模樣先把醜話說在前頭，反正我都說了自己做不到。」

「靠個人的力量很困難，但是如果有其他人的鼓勵呢？如果有誰在一旁關注妳的改變，給妳力量的話，妳覺得怎樣？」

「這種事情到處都有，公開聊天室裡多得是要求一起節食或一起跑步的人。」

「妳還跟人家公開聊天？」

「沒有。」

雅瑩用青春期斬釘截鐵的語氣打斷蘭希犀利的媽媽模式質疑，蘭希甩甩頭似乎想調整一下情緒，然後才掛上笑容說：

「有點不一樣，妳先聽我說！」

蘭希開始有條不紊地轉述成坤說過的話，她似乎有點明白成坤為什麼會露出那樣的表情。蘭希愈說愈起勁，提到計畫時，就像是已經完成了一半似的。回過神來一看，雅瑩手裡的筷子還停在半空中，眼睛閃閃發亮，專注傾聽她的話。

「還不錯，大家的反應應該也會不錯吧。」

「是吧？」

蘭希高興地反問。

「不過，這是媽媽妳的想法嗎？」

蘭希頓時啞口無言。

「不是，是妳爸的。」

雅瑩整個背都垮了下去。

「你們見面了？」

「一下子而已。」

「妳還恨爸爸嗎？」

雅瑩眼睛看著湯鍋問。

「我不是說過不准問這種問題？」

「妳不知道不可以禁止孩子問問題嗎？最近兒童心理學家都這麼說。」

「兒童心理學家是兒童心理學家，不管怎樣，我們家有決定權的人是妳媽——我！」

蘭希笑著說。對著她翻白眼的雅瑩臉上也掛著笑容。然而，只要一想起成坤，蘭希又變得心煩意亂。剛才看到的他就像個異類一樣，彷彿是在現在的皮囊裡滴了幾滴過去的他所變成的奇怪又可疑的怪物。

不過呢——蘭希暗自思忖——那個怪物還有點像自己一度迷上的那個男人。

那天晚上，爲了新企畫而煩惱的成坤，一直輾轉反側到了很晚才入睡，手機上閃爍著蘭希的簡訊。

「看起來大有可爲，雅瑩也說不錯。禁止回覆！」

35

看到蘭希的簡訊，成坤心中湧起一股勇氣，雖然現在處於他沒臉說他們是一家人的狀態，但他也重新領悟到家人至親給予的支持與鼓勵，會帶來多大的安心感和力量。

也許是因爲這樣，這天他取餐時只要看到是一起經營餐館的夫妻便會格外尊敬對方，而午餐時間外送到一般住家的工作，也頓時變得很有意義。

當他在蘭希的簡訊裡看到雅瑩的名字，心情變得超級好，甚至將平時因爲膽怯而一拖再拖的事情付諸了行動。

學校前面的小巷裡，已經放學的學生三五成群地走過去。金成坤眼中映入一個和同學打打鬧鬧走下來的小少女，一個在洶湧人潮中他也絕對不會錯過的女孩。和同學閒聊著的女孩表情開朗，臉上露出燦爛的笑容，看到女孩這個模樣，成坤如釋重負。這孩子過去只要和父母待在同一個屋子裡，都是表情黯淡漠然，但現在和同學們在一起能展露出這樣一張笑臉，眞的讓他的心放寬了不少。

然而，當雅瑩對上成坤的視線時，臉上表情瞬間凝固，就像按下取消所有動作的按鍵一樣，微笑在一秒之間完全消失不見。即便是預料之中的事，但驟然看到這樣的情景，成坤還是感到十分歉疚和羞恥。「是呀，她一定不想見到我！」「偶然間碰到，她一定相當慌亂吧！」成坤可以理解，但雅瑩卻彷彿看到了壞人一樣，緊抓著同學的手腕，加快了腳步。同學察覺到異常，回頭看了一眼。這位同學在雅瑩小時候也常常來家裡玩，所以跟成坤很熟。女孩向成坤問好之後回過頭看著雅瑩，雅瑩彷彿被人看穿了祕密一樣，表情變得更陰沉。同學只留下一句「我先走了！」就快步離開，雅瑩眼裡浮現兇惡的眼神。

「你幹麼來這裡？丟人現眼！」

成坤還來不及問一聲「過得好嗎？」，雅瑩就惡狠狠地開口責備他。「丟人現眼」這句話雖然說得很小聲，卻是更加傷人。

「對不起，那我走了，妳趕緊去追妳同學吧。」成坤說。

但不知道爲什麼，雅瑩沒有動，只是用腳尖在柏油路上畫圈圈。

「既然來了，就請我吃辣炒年糕吧！」

聽到雅瑩這句隨口說出來的話，成坤咬緊嘴唇克制住差點在臉上綻放開來的笑容。

這家小吃店是他們一家人經常光顧的食堂，和馬鈴薯豬骨湯店不相上下。隨著歲月的流逝也一起變老的店老闆，營業祕訣就是永遠不要和客人裝熟，不管客人來了多少次、吃了多少東西，老闆都會當成初次見面或百年不見似的一視同仁；更不管客人在店裡坐了多久，也不會多說一句話，至於翻桌的問題，只要有等得不耐煩的客人投來白眼，在座的客人就會很有自覺地起身離開，問題也就輕鬆地解決了，所以比起眞正的店名「彩虹小吃店」，大家更喜歡叫它「星巴克小吃店」。雅瑩和成坤坐在星巴克小吃店的角落，一如既往地品嘗酸酸甜甜又長又細的辣炒年糕條。

成坤偷偷看著突然之間就長大了的雅瑩，內心感到很驕傲。

「別抬頭盯著看我，很煩！」雅瑩對成坤說。

「嗯，我吃完就走，我只是剛好經過附近，就過來看看。」

「是呀，破產負債的父親哪還有資格來看自己的女兒？」

雅瑩低聲諷刺，成坤默默低下頭。但不知道是否因爲埋頭猛吃辣炒年糕，一下吃得有點飽了，雅瑩緊張的情緒也跟著放鬆下來，改用稍微寬容的語氣說：

「我聽說了爸爸的企畫，還滿有意思的。」

「眞的嗎？」

雅瑩不情願地點點頭，望著成坤接著說：

「不過，那是爸爸自己想出來的嗎？」

「是呀，怎麼了？」

「就當作是爸爸想出來的好了，可是太不像你的風格了，其實今天你整個人都跟以前不太一樣。」

「會嗎？妳覺得爸爸有哪裡不一樣呢？」

雅瑩擺著頭左瞧右瞧。

「我只是有種感覺，不僅外表變了，裡面的東西也變了……」

「是因爲刮了鬍子嗎？雅瑩喜歡哪個爸爸？不對，是哪個妳覺得比較好？」

「這有什麼好問的？兩個都不怎樣。」

雅瑩冷冰冰地回答。

「不過現在這個版本還是比之前的版本好，本來以爲你會變得愈來愈糟糕，看來是有了一些改善吧？」

成坤笑了，是最近笑得最開朗、最燦爛的一次。

走出小吃店，把雅瑩送到補習班之前的這段時間，兩人再次陷入無話可說的情況。

「爸爸如果想再見到雅瑩，該怎麼做才行？」

臨別前，成坤問了這句話。

「爸爸你眞是的，這麼複雜的事情不要問自己的孩子啦！」

雅瑩這麼說，成坤點了點頭，暗自期待如果下次還有見面的機會，希望全家能夠團圓。

36

回家的路上，金成坤忍不住想笑。他故意繞路經過補習班大樓前面，走向一如既往守在同個地方的朴實英，充滿活力地說：

「不好意思，我說這話您可能會覺得有點荒謬，但託老伯的福，我的生活稍微變好了一點。」

「託我的福？」

「因爲您給了我很重要的提示，所以我很感謝您。」

朴實英沒再多問，只笑著回答：「那就好！」接著就像個嚴厲的導師一樣瞇起眼睛說：

「不過我還有一點想提醒你，這種時候要更加小心才行。」

「請說！」

「人總有一種想恢復原狀的傾向。人呀，可說是比石頭還要堅硬、還要頑固，當你認爲自己已經有所改變的那一刻，就注定會退回原來的狀態。原因何在？因爲那樣比較輕鬆。能在這個階段嚴加管束自己的人眞的很少，只有堅持不懈努力熬過這段時間，才能成爲從原先的自己向前邁進一步的人。」

朴實英留下謎樣的一番話，便大踏步朝著陸續從大樓裡湧出的孩子們走去。

金成坤沒有聽進這番話，反而後悔自己向朴實英表達了興奮的心情，因爲今天他只想沉浸在喜悅裡。

然而，就在當天晚上，彷彿出賣了他小小的喜悅一般，金成坤接到了他第一個寄出企畫案的投資公司傳來近乎蔑視的拒絕通知。雖然是意料之中的結果，但因爲寄出當時也懷有一份期待，所以成坤有點小小的失望。這是他習以爲常的沮喪感，但在「呼」一聲大大地嘆口氣之後，他這麼告訴自己：

「大概是沒有緣分吧，只能這麼想了！」

如果是以前的話，金成坤會因爲緊張和壓迫感的侵襲而變得焦躁不安，但現在他已經可以從容不迫地調整自己的情緒。既然結果是由他人決定的，那麼無論如何，他只想保有好心情。就像星巴克小吃店的老闆以不冷不熱的態度說「慢走！」一樣，金成坤對待自己新挑戰所收到的第一個回應結果，也同樣是酷酷地揮揮手！

37

但是，如果一個人在兩週內被拒絕了四次，即使他的內心堅硬如銅牆鐵壁，也一定會出現裂痕和懷疑。金成坤就是因此而變得垂頭喪氣，但他的心志卻絲毫不受動搖或產生畏怯，而這點才眞正是個大問題。

金成坤綽號「不倒翁」，每回出手都是不到黃河心不死，以致他每次做生意都要死硬撐到最後，錯過收手的時機。很可能他的人生之所以會由一連串的失敗組成，原因也是在此。然而這次他還是一樣，怎麼也不想半途而廢，至少現在還不到放棄的時候，因爲照亮他心底的火焰就像永不熄滅的燭光一樣，還在靜靜地燃燒著。

成坤正煩惱著找不到解決這種困境的方法，鎭錫突然走了過來。在自己的基地剛結束個人直播的鎭錫伸了個懶腰，左右擺動著身體做做拉筋伸展。

「老闆，您的人設果然不同凡響，已經有留言說託了熊老闆的福，自己已經開始健身了。」

鎮錫語帶興味地說。

「熊老闆？這誰呀？」

鎮錫一臉「你眞笨！」的表情舉起手指，指著成坤。

「我？」

「是的！頻道訂閱者給老闆取的綽號，因爲老闆穿的運動衫上面印了一隻小熊。」

「我又沒上過你的節目。」

成坤大吃一驚，鎮錫嘿嘿地笑著指了指牆壁。

「那個代替您上了節目。」

成坤望著排列整齊貼在牆上的矯正姿勢照片。那麼多的照片裡，他一直保持著同樣的笑容，身上穿著緊身運動服，衣服的手臂部位印有小熊圖案。

「雖然不是故意拍到的，但有一天直播時，有人問牆上貼的照片是什麼？我回答是一起生活的前任老闆孤軍奮鬥的紀錄，馬上就有一票人要求近距離觀看。反正照片也沒拍到您的臉，我就把鏡頭對準了照片。大家都說眞了不起，也對您感到好奇，因此我就把以前和老闆一起工作的事情，還有老闆挑戰自我改變的事都說了出來。本來還以爲就到此爲止，沒想到過了幾天就有人在問熊老闆過得好嗎？是不是還保持著端正的姿勢？從此以後，您就成了熊老闆。不管怎樣，我都是實話實說，老闆現在腰背直挺，也不需要再拍照確認矯正姿勢的成果。然後就開始接連不斷地收到反饋，有的說您眞了不起，有的說自己也好想堅持挑戰一件事情做到底。」

鎭錫一口氣說完之後，又補充了一句，

「不過留言數量最多的，還是詢問那件小熊衣服是哪個品牌的商品。」

成坤反覆思索這個出乎他意料之外而獲得的「熊老闆」綽號，一想到有人在他看不到的地方爲他加油打氣，呼喚他的名字，就覺得實在是太神奇了。下一瞬間，成坤腦中有什麼一閃而過。

「鎭錫，你有多少訂閱者？」

「三萬七千人，我的目標是超過十萬人，可是最近一直在原地踏步，所以離目標還很遙遠。」

成坤眼睛亮了起來。

「十萬算什麼，鎭錫呀，最少要有一百萬。」

「什麼？」

鎮錫雙眼圓睜。

「不過在此之前暫時先這樣！這個星期就先從超過五萬人開始做起，熊老闆會助你一臂之力的。」

幾天後的一個晚上，鎮錫問身旁並排坐著的成坤：

「直播要開始了，準備好了嗎？」

成坤緩緩點頭，那神情簡直像是一個要殲滅入侵外星人的戰士一樣。鎮錫開啓直播，活力充沛地說了起來：

「大家好，正如預告所說的，今天是一個非常特別的日子。有許多人提到我們的熊老闆，就在今天！我們將公開採訪熊老闆本人。熊老闆，請出場！」

藏在一側的成坤在畫面上露出眞面目，身上就穿著照片裡的小熊運動服。

「大家好！我就是熊老闆。大家最關心的小熊運動服實體和品牌名稱隨時會在直播過程中揭曉。所以，請從頭到尾持續收看直播喔！」

成坤氣定神閒地厚著臉皮說。

從這裡開始大約四十五分鐘的時間裡，成坤和鎮錫熱熱鬧鬧地聊了開來。成坤游刃有餘地享受直播的樂趣，甚至懷疑自己從什麼時候開始擁有了這種本領。兩人一來一往地對話，並且適時地導入正題。

「我都不知道我的照片間接出現在這個頻道上，後來才曉得有人爲我加油打氣，眞的非常感謝。有關我的近況，我正在構思一件以小動作搏得大改變的事情，其實我也開設了我個人的頻道。」

成坤接著說，簡單地介紹幾天前在鎮錫的幫助下開設的 YouTube 頻道之後，結束了他的訪談。手忙腳亂地完成直播後，成坤大大地喘了一口氣，對鎮錫說：

「鎮錫，我感覺有什麼事情開始運轉了。」

「我也有這種感覺。」鎮錫說。

金成坤對著鎮錫咧嘴一笑。這笑容和之前掛在他店裡的那張開業儀式照片上的臉孔，竟然一模一樣。

38

金成坤野心勃勃構思的企畫，定名爲「救命稻草專案」。

他當初的計畫是將這個企畫做成應用程式正式上架。如果一定要幫「救命稻草專案」的性質下個定義，那就是幫助匿名的挑戰者和鼓勵者進行媒合。用戶可以自行設定目標，以影像或照片方式上傳每日紀錄，那麼與該用戶媒合成功的其他會員就會發送鼓勵訊息，是一種互動交流的應用程式。

這個軟體最重要的前提就是保障用戶百分之百的匿名性，並靠強大的程式功能和管理人力，事先隔絕因通訊軟體的特殊性質可能帶來的各種副作用。

但是，在目前連最起碼的資金挹注都無法得到的情況下，成坤根本沒有餘力來架構這一切，因此他只好透過臨時開設的 YouTube 帳號來宣傳自己的創意，打算募集少量參與者進行一種驗收測試。

成坤在自己的 YouTube 頻道裡平靜地坦承過去的生活，有關他陷入深淵的失敗人生和爲了擺脫困境選擇從端正姿勢這一個小目標做起，以及爲了這個目標不斷付出的努力，並且分享了在這之後逐漸擴充的瑣碎又微小的新目標，以及從家人那裡得到支持的力量。換句話說，救命稻草專案的開端不是別人，正是從金成坤．安德烈亞本人開始。

「成功並非只意味著了不起的結果，我們把成功看得太偉大了，所以當然會感到害怕。踏出小小的一步，從這裡開始得到力量走下去，這本身就已經可以說是成功了。其實，這些話我想大家以前可能就聽過不少次了。

「然而我的建議是，讓我們大家一起合作。不管是什麼樣的人生，其中一定包含著絕望和希望。爲了擺脫現在的困境，每個人都想抓住一根救命稻草，不管稻草是大是小。但是，要抓住哪種稻草必須由自己來決定，如果是讓別人代爲決定之後遞給你一根稻草，即便抓住了也很快又會沉下去。本專案就是爲各位自行製作的稻草打氣，直到稻草變成一根巨大的管子。也就是說，不斷打氣直到大家可以無所畏懼地浮出水面爲止。」金成坤說。

他隨後又介紹了專案的詳細內容，說他會先透過留言或電子郵件受理申請，從中挑選幾個人，再媒合願意爲獲選者進行的挑戰加油打氣的人。雖然完全不知道接下來會出現什麼樣的反應，但金成坤的聲音宏亮又充滿自信。當他向這世界展示了什麼，在等待評價或反應的過程中，那種顫慄的快感連指尖都能清晰地感覺到。不過，無論這次結果如何，他都心滿意足，爲自己感到驕傲。

接下來很令人驚訝的是，留言區裡開始聚集各式各樣的申請，都是想要抓住或大或小稻草的人所發出的。雖然不知道大家是透過什麼途徑得知成坤的頻道，但反響已經超過了預期。在想達成諸如節食、學習、運動、健康、應考、事業等各式各樣目標的申請理由中，最吸引成坤注意的是一位三十歲出頭的金時雁所發來的故事：

這是我關在房間裡生活的第三年，自從我目睹戀人在我眼前出車禍、父親不堪蒙受詐欺嫌疑的不白之冤而自殺之後，我就開始繭居在房間內，只覺得外面的一切都很危險、都很歹毒。於是轉眼間我便和這個世界背道而馳，假裝互不相識。我也嘗試過藥物治療，付出了不少努力，還向福利機構請求協助將家裡堆積如山的囤積物品全都清理乾淨，我甚至曾經握著別人的手走到外面去。

但可能是因爲那並非靠我自己的力量做到，所以當我回過神來一看，發現在不知不覺中我又再次躲回堆滿雜物的黑暗房間裡。

即便如此，我還是很想走出去，想跟過去一樣覺得這世界是個值得活的地方。改變是什麼？即使不說出來，也是每個人心底的渴望，只不過是因爲太害怕、太恐懼、太擔心會再度失敗，所以在還沒有勇氣說出「我想改變」這句話之前，就先放棄了而已。如今，我的目標很簡單，我想每天只走三步，看看這些步伐加起來何時能帶我走進這個世界。

成坤將這個故事選定爲第一個「救命稻草專案」，透過直播公開這個故事後，獲得了如潮水般湧來的鼓勵留言，成坤從中挑出一些足以成爲金時雁忠實鼓勵者的人，並在直播中朗讀他們的留言內容。金時雁每天的例行公事就是練習走三步路，她天天將自己的走路過程拍成影片傳給成坤，成坤編輯之後再上傳頻道。

就這樣，救命稻草專案測試版，正式上線。

39

故事曝光兩個禮拜後，金時雁從房間裡走了出來，成功地踏進了客廳。也就是在這個時候，金成坤收到了一封電子郵件，那是某個在他印象中已漸漸模糊的人發來的。

成坤完全沒想到發信人竟然是童年時期的小壞蛋，朴奎八．雅各，來信目的是想詢問他是自己認識的那個金成坤嗎？還說他是看到安德烈亞這個暱稱，心中抱著一線希望才大膽聯絡的。金成坤馬上按照郵件裡留下的電話號碼撥打過去，沒多久他們就在韓國諾內大樓的露天咖啡館重逢了。這是一棟位於市中心、以耀眼出眾的外觀深感自豪的大樓。

令人驚訝的是，如今的奎八已經是韓國諾內經營支援事業群的總經理，整個人和小時候有了一百八十度的轉變。奎八的外貌和記憶中的模樣大不相同，以電影來比喻的話，可說是童年演員和成人演員差距太大，角色樣貌不連戲了。隨著年齡的成長，圓滾滾的身體像是四肢被拉長了一般，個子變高了，臉上原本擠成一堆的肉也全部消失，凸顯出一張稜角分明的臉孔。和同齡人相比，奎八的身材算是瘦削，原本炯炯有神的眼睛也變得細長而不太起眼了。總而言之，「朴奎八」這個名字，還不如改爲「朴奎拔」，更符合他現在的形象。然而，從他的言行舉止中，成坤總覺得眼前這人和童年時期的朴奎八・雅各有種一脈相承的味道，但具體是什麼，他也說不清楚。

奎八說他偶然經由推薦看到救命稻草專案的片段，留下非常深刻的印象，還說如果有什麼需要幫忙的地方，他可以助成坤一臂之力。從奎八在交談之際不時提到自己在公司的業績和地位，可以看出他渾身洋溢著自信。當他們進入過去的話題，說起領聖體和葡萄酒的噩夢時，奎八豪邁地笑著道歉。奎八說他現在的英文名字雅各伯，就是採用雅各的英文拼寫方式，這話讓成坤想起了記憶中一個模糊的存在。

「還記得茱莉亞嗎？茱熙。」

成坤一說，奎八睜大眼睛，隨即訕笑起來。

「我不用記得，反正每天都看得到。」

奎八把手機裡的全家福照片遞給成坤看，他一眼就認出李茱熙・茱莉亞。

和記憶中一模一樣的茱熙，就坐在完全找不到童年痕跡的奎八身邊，他們的懷裡抱著兩個和他倆童年模樣相仿的孩子。成坤內心大感驚訝，但馬上露出愜意的笑容，覺得人生的際遇眞是難以預料。

奎八又開始大談特談自己在公司從事的工作和如何銷售這些產品，一直聽著奎八說話的成坤突然問：

「還記得嗎？你以前也說過，反正我們生來就是爲了互相交易。你現在還這樣想嗎？」

「Why not？這麼做世界才能運轉。」

奎八做出數十年前在瑪利亞雕像前一模一樣的表情說。不管怎樣，和奎八的重逢讓他明白了一個簡單的道理——就算外表變了，人的內在氣質也很難改變。不過，金成坤很快就會碰上外表和內心都發生變化的某個人，那就是即將再次相逢的凱西。

40

還記得我嗎？

成坤一看到郵件主旨，心跳就莫名其妙地加速，果然是他預想的人所傳來的郵件。成坤望著簡短寒暄之後附上的電話號碼，從不知何故的心跳加速開始，到他撥打電話，眞正聽見電話另一端傳來凱西的聲音爲止，中間隔了很長的時間。因爲他實在需要一些勇氣來下定決心和凱西直接見面，莫名的猶豫，以及相隔兩地的兩人好長一段時間以來的複雜變化，在在都阻礙了他的心。但是，成坤很想見見凱西，也就是車銀香。

見到凱西的那一刻，成坤就明白了自己猶豫的原因，悲傷的是，他的預感果然成眞。那個開朗活潑的凱西也上了年紀，成坤不得不費力忽視曾經耀眼的她身上留下的歲月印記和縱橫交錯的傷痕。

「你過得好嗎？安德烈亞？」

凱西・卡塔莉娜・卡特琳娜・銀香，如今只剩下嗓音依舊清脆高昂。

對移民到美國達拉斯的凱西來說，不幸就像地雷一樣等待著她。父親的韓式料理餐廳發生槍擊事件，處理完父母的葬禮之後，凱西最終沒能完成大學學業。像是爲了改變命運似的，她早早選擇了結婚，但婚姻被家暴和外遇徹底摧毀之後，又歷經艱難的過程才終於離婚。在這之後，她過得還是很不順遂，凱西身心靈的某個角落永遠損壞了。後來，她逆向移民重新回到韓國，現在擔任英語教師的工作。

「長久以來我一直在思考人生，安德烈亞。」銀香說。

許久未曾聽到別人喊他「安德烈亞」這個名字，成坤的心中不知爲何掀起了淡淡漣漪。

「我不知道這一切究竟是命運，還是我過往的行爲和想法造成的結果，我突然認爲人生就是一種不得不接受的宿命。這麼一想眞的就簡單多了，因爲我的意志完全派不上用場，所以我也沒必要爲此花費心力。但是呢，我的身體都已經變得這麼臃腫了，我仍舊覺得好像有哪裡空蕩蕩的。因此，當我收到你的信之後，也去看了你要進行的專案影片。」

是成坤先發出電子郵件的，正確地說，成坤只是把大學時期就輸入腦海中、至今仍未刪除的銀香的郵件地址填進去，附上了自己的頻道連結，因爲他也不知道爲什麼自己會突然想起了銀香。即使在寫下毫無條理的簡短內容時，成坤也沒完全想到結果竟會促成相隔二十七年的重逢。

正如銀香所說，人生的處境究竟是某種行爲導致的結果，還是通往未來某條道路的契機呢？成坤也沒有答案。

「安德烈亞，你心中似乎還有著等待萌發的嫩芽，我以前似乎也有很多這種東西……但現在已經不知道消失到哪裡去了。我想要的很簡單，我只希望有時候，眞的只要偶一爲之，可以靠自己的力量把人生導引到我想要的方向。我希望在我轉動方向盤時，人生也能夠微微地朝著那個方向發展。我想掌控方向盤，不想盲目地任憑人生帶我飄飄蕩蕩。這個目標太難了，對吧？畢竟你的專案提出的都是一些比較小、比較微不足道、比較容易實現的目標……」

凱西頓了頓，接著收斂起落寞的表情，換上一副開朗的神情說：

「跟你說件可笑的事情，我不會開車，在那麼遼闊的美國領土上，從某種角度來看，這也算是很難得的事吧？其實是因爲我小時候親眼目睹了一場車禍，從那之後，我很怕自己開車會出什麼事情，所以就不敢開車。後來經歷的大大小小不幸事件，在很大程度上也助長了我內心的這份恐懼。有一次我和前夫吵架，他把我丟在空曠的路中間自己揚長而去，我一路搭便車才回到家，大概換了五次便車。」

一直默默望著她的成坤說：

「如果人生像開車，那妳就試著去開吧。至少妳的車會朝著妳想要的方向去，按照妳想要的速度前進，而且想停就停，想飆就飆。」

凱西緩緩地托著下巴看著成坤。

「我好像也有過這樣的想法，不過確實很久都沒這麼想了。」

銀香．卡塔莉娜．凱瑟琳．凱西笑著說。

一個禮拜後成坤接到凱西的簡訊，除了表示決定挑戰開車之外，她還附上了一張駕訓課中坐在駕駛座上毅然豎起大拇指的照片。

安德烈亞，希望你想做的事情能如你所願地順利進行，我也會試著自己站起來，直到稻草成爲管子！不，直到我能攀著管子浮上水面爲止！

從凱西的簡訊裡，成坤突然感覺到昔日凱西身上那股有如氣泡般清爽的活力又回來了。

41

伴隨著這次意外的相逢，金成坤的生活也發生了說小不小、說大不大的變化。YouTube 訂閱人數穩定成長，成坤選擇的故事主角也在其他用戶的鼓勵下，朝著各自的目標穩步邁進。

最先送出自己故事的金時雁，已經成功地完成一天走三步的挑戰，現在可以獨自穿過玄關，走到大街上。在她沒有露臉只拍出行走腳步的影片下方，大家紛紛留言為她加油打氣。

她留下標題為「腳步」的文章，獲得了許多人的支持。

為什麼我總是光想而不去嘗試就放棄了呢？因為我不相信自己做得到。但是在許許多多連長相都不知道的人們鼓勵下，我笨拙地踏出腳步，一步步走出去的經驗，已經成為任何東西都無可取代的珍貴回憶。

現在，我要退出救命稻草專案了。也許過沒多久，我又會再一次回到在房間裡蘭居的處境。但既然這次我能鼓起勇氣，下一次也一定可以重新挑戰。那時，不需要別人的幫忙，靠我一個人的力量就可以抬頭挺胸地走出去。感謝大家幫助我完成的珍貴步伐，以及和微不足道的我組成的團隊。

她的小小勝利讓成坤內心澎湃不已，除了她之外，還有因和妻子冷戰而關係日漸疏遠的男人靠著每天留下簡短訊息，最後終於和妻子重歸於好；夢想成爲畫家的資訊科技工程師利用空閒時間繪製的畫作，在國際大賽上參展；從四歲開始就習慣咬指甲一直改不掉的銀行分行長，每日曬出一天天長出來的指甲照片等等。一個個簡單卻迫切的計畫與實踐紀錄不斷更新。

看清自己眞正的面目，朝著稍微好一點的狀態，也就是擺脫現況、移動到下一階段的改變，這整個專案的目標不在於成功，而是累積改變的嘗試和紀錄。

成功的相反詞雖然是失敗，

但改變的相反詞卻是無所作爲。

抓住你自己做的稻草浮上來吧！

這是成坤頻道裡使用的廣告詞。然而，照著目前情況發展下去的話，一定會出現結構上的局限性，必須在參與人數逐漸增加之前，趕緊想辦法處理才行。架構一個可以採用人工智慧管理的專業化網路，是金成坤想爭取資金挹注的主要原因。如果專案持續在YouTube上曝光，也會有點子被盜用的風險。基於各方面考量，金成坤絕對需要有人來投資，需要有權勢者的幫助。

就在專案完成人數超過十人的當天晚上，金成坤製作了一份救命稻草專案測試版報告，並且重新改寫了一份投資提案書。越寫越興奮的他，覺得這項專案充滿了無窮無盡的潛力，這已經超越了個人層面，可以擴大成從企業和社會的層面來尊重個人、救助個人，甚至伸出援手的事情。

以前這種興奮會讓他像火箭一樣飛起來，但現在不同了，現在是一種穩重而隱密的快感。以前他只考慮自己的日子過得好就好，但現在他卻夢想著能改變別人的生活。

即使到了現在，金成坤·安德烈亞還是遠遠沒有達到自己曾經設定的成功標準。他也不是沒有挫折感和不安，但每次出現這種感覺，他就會挺起胸膛，繼續爲了如實和完整地感受這個世界而努力，這樣的心態也鍛鍊出他內心的堅韌度。

鎮錫在外送空檔也會作曲，他和網上認識的幾個人不久前組成了一支標榜具備八〇年代風格的樂團。因爲所有成員都不是以音樂爲本業，因此樂團取名爲「抽空樂團」。這群人以鎮錫爲主軸，正爲了推出首張單曲而孤軍奮鬥中。鎮錫時常在商務套房裡熬夜作曲，前往練習室和團員們見面的日子也愈來愈多。

看著年輕的夢想在破舊的套房隔出的狹小空間裡綻放，成坤在心裡默默地爲鎮錫加油。雖然他們兩個都還站在人生的背光面，但兩人之間偶爾開玩笑說的話和對未來的展望，就彷彿是站在陽光下的人一般明亮耀眼。

就這樣，金成坤．安德烈亞每天風雨無阻地騎腳踏車去送某個人要吃的飯，投入沒人要接的工作中。

希望食堂老闆不要心存僥倖，老老實實地煮出美味的飲食。
希望這片土地上的其他餐點外送員都能平安無事。
希望收到食物的人都能因熱騰騰的一頓飯而感到幸福。
希望他們都能向世人傳遞幸福。

希望收到這份幸福的人能將這份善心再分享給別人。

像這樣逐漸擴散開來的想法，讓金城坤覺得終有一天自己的希望會是世界和平。

即使如此，每當他與鏡中依舊平凡寒酸的中年男子目光相遇時，對方還是會用尷尬的眼神，向他這個已經在投資上被拒絕了七次的餐點外送員致意。

命運女神彷彿想試探金成坤還能堅持多久似的袖手旁觀，不過，也正因為對命運的一無所知，金成坤才能泰然自若地以相同的心情迎接每一天，朝著慢慢變成一個好人的目標前進。

42

下班途中蘭希不經意地打開了丈夫的頻道，她雖然不動聲色，但心裡知道雅瑩很期待並支持爸爸的新步伐，所以蘭希偷偷訂閱了成坤的救命稻草專案 YouTube 頻道。當無意間想到丈夫的蘭希在地鐵站前抬起頭來，竟發現成坤就站在眼前，彷彿是她的一個念頭讓他瞬間移動過來似的。

成坤慢慢走到驚訝得停下腳步的蘭希面前，將拿在手上的黃色小物遞了過去。那是一片楓葉，一片像剛綻放的迎春花似的嫩黃色，還帶一抹青綠的黃色小楓葉。在盛夏如此複雜的市區裡，竟然還能找到這種東西，眞的很令人訝異。成坤泰然自若地說：

「雖然是夏天，楓葉卻已經綻放了。」

「楓葉可以說綻放嗎？」蘭希問。

「嗯。」

成坤想了想，補充了一句：

「在我眼裡看到的就是這樣。」

蘭希默默地接過楓葉，像個科學家一樣審慎觀察。然後，對著凝視自己的那雙眼睛啐了一句：

「看什麼看？」

「看妳可愛！」

「你該不會又在耍花招吧？」

「也許吧！」

「給我千兩黃金我還嫌不夠，現在就給這麼一片黃色葉子？」

「顏色跟黃金很像嘛！」

成坤說，眼中半是笑意半是歡喜。

生活一如既往，早上連想都沒想到的事情，晚上就發生了。蘭希和成坤吃完飯，從手牽著手，到摟著彼此的腰互相親吻，然後一起度過了一個害羞、火熱、熟悉的夜晚。等到蘭希清醒過來時，她嘴裡不停喃喃自語：「我瘋了我瘋了我瘋了！」一想到自己可能又會踏入某種命運的漩渦，就大傷腦筋。

成坤背對著蘭希睡得很沉，蘭希慶幸自己看到的是後背，如果正面相對的話，會有種過於沉重和羞愧的心情，而無動於衷的後背就會寬容地佯裝不知。

「你知道嗎？幸好你的眼神沒有太熾熱。以前就像活火山一樣，總讓我感到很不安，現在則像是燭光一樣，很舒服。」

不管後背有沒有聽到，蘭希輕聲細語地說。從這句話作爲開始，蘭希繼續自己感性的告白，與其說是對著成坤訴說，不如說是整理這段時間看著他的變化所產生的心情。即使覺得慌亂和害怕，但仍一句句吐露心中隱密的支持心意和身爲一家人的意義。在這過程中，後背還是像平常一樣均勻地上下起伏，蘭希不知不覺間閉上眼睛喃喃自語般繼續說下去。因此，當她突然察覺到一股奇怪的氣息猛然睜開眼睛時，才愣然發現丈夫正愣愣地看著自己。

「媽呀！」蘭希叫了一聲跳起來，卻被成坤靜靜地摟在懷裡。

「蘭希！」

他低聲呢喃。

「我現在才有活著的感覺。」

「看得出來。」

蘭希想拋出嘲弄，卻看到丈夫臉上浮現從未見過的表情，那是眞摯到令人心痛的表情。

「不是，我是眞的眞的有活著的感覺，一切都是那麼地眞實。妳相信我說的話嗎？活著是多麼値得祝福的一件事。」

沉浸在興奮和喜悅中的成坤說。

蘭希不想破壞這一刻，所以她這麼回答：

「我也一樣。」

實際上，她也眞的是這麼想。

43

金成坤小小的喜悅能持續多久呢？也就是說，如果命運一直排擠他的話，再繼續這樣下去，他還能堅持多久？

妙的是，就在一個非常恰當的時機，一個比平時更爲睏倦疲憊的下午，金成坤勉強撐開眼皮對著鏡中的自己笑了一笑的那天，命運的十字路口就噗一聲出現在成坤面前。金成坤．安德烈亞奮不顧身地朝著一個方向跑去，從此以後一切都改變了。

那天從一開始就很不順利，天陰陰的，馬路上從一大早就是一團混亂。還不到午飯時間，成坤遭遇了第十三次拒絕，正準備調轉車頭回來。爲了這次外出，他一身正式裝扮，外送工作也暫停一天，然而回報給他的，卻是短短十分鐘會面後就遭到當場拒絕。金成坤無形中確認了自己運氣不好，爲了躍起所需要的一記重擊，似乎永遠不會到來。

金成坤沒有返回商務套房，而是朝著郊外供奉父母骨灰罈的生命紀念館而去。許久沒有面對父母遺照的他，像是懺悔似的佇立良久，之後一句道別的話都沒說就直接開車回來。成坤心情沉重，自信心破滅，只覺得自己是個非常渺小、一點用處都沒有的人。

但下一瞬間，成坤笑了起來，從「噗哧」一聲的失笑，隨即變成哈哈大笑，平坦的道路和蔚藍的天空就展現在他眼前。他想起對凱西說過的話，握住方向盤的是自己，不是別人，即使人生無法盡如己意，他仍然奔馳在自己的道路上。僅憑這一點，他就有充分的理由開懷大笑。

在這種情況下還笑得出來，金成坤爲自己感到驕傲，飛快抬眼看了一下後視鏡。鏡裡這個傢伙看起來還眞不錯，只可惜，這一刻沒有誰能跟他一起分享。

就在這時，一道閃光刺進他的雙眼，緊接著一股巨大的力量撞擊在他身上，金成坤因此失去了知覺。

尖銳的耳鳴鑽進耳朵裡，金成坤緩緩睜開眼睛，透過如蛛網般破裂的前擋風玻璃看出去，景象非常模糊。一輛遊覽車仰翻在偏離車道停下來的一點五噸卡車旁邊，眼看著一輛摩托車朝著地平線下方逐漸遠去，金成坤迅速地在腦海中重組眼前發生了什麼事——卡車司機爲了閃避摩托車猛然打方向盤，緊跟著在後的遊覽車撞上護欄翻覆。幸好成坤下意識地踩了剎車，在撞上之前，前保險桿險驚險地擦撞遊覽車車尾而過，倖免於難。

金成坤拖著頭暈眼花的身體走下車，卡車司機正趴在地上嘔吐，遊覽車冒出可疑的濃濃黑煙，看得到裡面有人。成坤的大腦命令他快逃，指示他趕緊打電話給救援隊後遠離現場，但金成坤的身體已經朝著遊覽車走去，遊覽車的出入口被壓在地面上無法開啓，裡面的人不停地敲著窗戶。困在車裡的人彷彿是某種象徵或隱喻，讓金成坤想起了連一步都不敢從房間裡走出來的金時雁，他想再次證明只要伸出一次援手，就能拯救一個人。金成坤爬上遊覽車，接過某個人從窗縫裡遞出來的錘子，用盡全力開始敲裂窗玻璃。他最先救出了三個孩子，接著又拖出兩個女人，讓她們保護孩子安全。兩個男人從窗縫中擠了出來協助他，金成坤臉上殷紅的血混合著汗水流下來，但他對此一無所知，仍舊與其他人合力從狹窄的縫隙裡救人。

就這樣，那天他救出來的少說也有十六人。

44

接下來發生了一連串驚人的事，速度之快，簡直像是把照片資料夾一路往下滾動，讓人目不暇給。

這個時代想要的是不計代價的暖心之舉，因此厭倦了炎涼世態的人們理所當然會將這個捨己爲人的男人塑造成英雄。差點釀成大慘案的驚險事件經過大幅報導後，男人被行車紀錄器全方位拍到的救人舉動獲得了熱烈的關注。在採訪中，男人平靜地表示只是做了自己該做的事而已，但是這段採訪感動了許多人，接著就有各種媒體爭先恐後地揭露他的眞實身分。男人自行繪製、貼在車殼上的救命稻草專案標誌貼紙被一家媒體公開之後，一位知名歌手開始暱稱他爲小英雄，並在社群網站上發表深表敬佩的訊息；男人的 YouTube 頻道訂閱人數在幾天之內就增加到難以想像的程度。

金成坤接到了無數媒體的採訪邀約，連帶地也有了許多機會能曝光救命稻草專案。人們爭先恐後地想幫助這位難得一見的英雄及英雄恰逢其時展開的善意專案走上成功之路，彷彿不這麼做就渾身難受似的。

金成坤．安德烈亞被這波洶湧而來的好運氣，嚇到幾乎要摔個四腳朝天了。他總共上了七個節目，接受了十四次採訪，接到好幾個投資者打來的電話，其中也包括之前拒絕過他的公司在內，而他為了比較這些投資的提案，甚至不得不鑽研到深夜。

有一天，他帶著恍惚的心情在商務套房裡和鎮錫分享零卡可樂，這天是成坤和鎮錫在商務套房共度的最後一天。鎮錫每天都會去樂團練習室，而成坤自從那次和蘭希滾燙火熱的重修舊好之後，又搬回去與家人同住了。

兩個男人聚在商務套房裡，感慨萬千地收拾剩下的行李和處理家具。鎮錫在整理不知不覺間成了自己基地的房間一角時，突然停下動作。

「老闆，如果用心付出努力去做一件事情，卻很不順利的話，該怎麼辦？」

鎮錫的「抽空樂團」首張專輯「tum-tum」就快要上市了，這也相當於是鎮錫首次與這個世界的碰撞。在不需要與人面對面的 YouTube 上，或是在相處融洽的成坤面前，鎮錫無疑是一個話多的人。但是和樂團成員們直接見面協調意見，以鎮錫的性格來說，怎麼看都是相當艱難的挑戰。如今專輯還沒上市，他已經感到很厭煩。

「害怕嗎？」

「是的，怕有失誤、怕會失敗，也怕再次被人傷害。」

鎮錫坦白地說，成坤緩緩點了點頭。

「聽好了，我只說一次，你要好好牢記。凡事不可能一蹴而就，因爲這世界沒那麼寬容，也不好應付。但是呢，絕對不能因此就放棄，即便暫時不怎麼順利，也要堅持到結束的那一天。」

「什麼時候會結束？」

「到最後。」

「最後是什麼時候？」

「你自然會知道，即使沒人告訴你！無論是情況的結束還是意志的結束，你總會遇上其中之一。」

「那接下來要怎麼辦？」

「重新開始呀！在哪裡跌倒就從那裡開始。」

「開始做什麼呢？」

「能做什麼就做什麼，從自己能做的事情裡面挑可以做的做，不管是運動也好，或是學習、讀書也好，不然像我一樣就只是挺直腰背也行。就從你能自己決定、自己完成的事情做起。」

鎮錫遲鈍地點了點頭，飛快環視套房一圈。

「感謝您這段時間的照顧，這裡就像是我的孵蛋器一樣。」

「現在該破蛋而出了！你是，我也是。」

「是的，是該那麼做了。」

鎮錫雙眼發亮面帶微笑地說。成坤開始一張張撕下貼在牆上的端正姿勢照片。一想到這看似微不足道的舉動竟然能讓他走到了今天這個地步，他就覺得凡事不可小覷。

然而，故事到這裡還不算結束。在撕下最後一張照片之前，金成坤．安德烈亞接到了一通電話。電話鈴聲彷彿在警告什麼似的，尖銳地迴響在空蕩蕩的套房中。金成坤走向放在桌上的電話機，是一通來自朴奎八．雅各的電話。接了電話的金成坤，身體慢慢變得像冰塊一樣僵硬起來，只是連聲說「嗯！」，最後一臉茫然地掛掉電話。

「怎麼了？」

察覺到異常氣息的鎮錫突然走了過來問道。

「他說見個面吧！」

「誰？」

哈哈，成坤只顧著乾笑，什麼都答不出來。乍聽之下，從他嘴裡漏出的咻咻聲甚至有種失落感。

「他說，他想見我……想聽聽有關救命稻草專案的事……」

「唉唷，所以是誰啦？」

鎮錫急得都忘了禮貌，催促成坤快點回答。

「格倫．顧爾德！」成坤說。

45

金成坤走進人工美和自然美完美結合的諾內辦公大樓，平時頂多看一下諾內股價的他，從來沒想到有一天自己會走進韓國諾內大樓，而且還是來會見這位突然造訪韓國的諾內集團創始人，這事大大地超越了他的想像。看著提前出來迎接他的奎八，成坤偷偷地咬了一下舌尖，眞是太令人難以置信了，感覺整個人都緊繃到像是縮成了一團。

穿過讓人聯想起五星級飯店的大廳和貴賓休息室之後，金成坤搭透明電梯上去。在感覺沒什麼用途的白色空間裡走了許久，才看到一個女人遠遠地坐在沙發上，像是在等待他的樣子。這位就是經常在新聞媒體上看到的韓國諾內的董事長權姹蓮。權姹蓮貌似歡迎地站了起來，她似乎提前了解過成坤這個人，以致臉上完全沒一點敬意。簡短寒暄之後，權姹蓮挪開身子，介紹坐在後方的某個人。

自信的微笑、像複製貼上般一絲不苟的態度，跟電視上看到的完全一模一樣的髮型，這個奇特男人強烈主張維持固定造型是經營自我的一種方式，他就是格倫·顧爾德。

此刻，成坤所感受的夢幻感達到了極致。從進入大樓之後他深深感覺此地的氛圍像是進入了虛擬實境一般，而這感受在見到格倫·顧爾德之後達到了最高潮，因此成坤決定好好利用這種他從未經歷過的氣氛。

「您好，我是金成坤·安德烈亞。」

成坤以彆扭的英語發音大聲地打招呼，並搶先伸出了手。格倫·顧爾德緊緊握住他的手，拍拍他的肩膀，兩人之間的界限就此消失，成坤從格倫·顧爾德的表情可以確定自己已經平安無事地通過了第一關。

格倫·顧爾德說，他正考慮要爲諾內發展新的通訊事業時，恰巧看到金成坤的影片，從那裡得到了靈感。奎八私自插話說是自己將成坤介紹給權姹蓮的，強調自己的功勞。對話進行得很順利，儘管格倫·顧爾德用英語說話，但就像有人提供即時口譯一樣，成坤幾乎都能聽得懂，連他自己也感到很神奇。

不久後，兩名廚師推著一張帶輪子的大餐桌來到他們面前，轉眼間成坤就和奎八、權姹蓮，還有格倫·顧爾德一起享用這輩子從沒吃過的豪華午餐。顧爾德表情非常眞摯，但大多只是面帶微笑傾聽成坤說話，中間不時爲坐在對面的成坤加滿杯中紅酒。成坤定了定神，抱著要把這場遊戲進行到最後的想法，一直口沫橫飛地介紹救命稻草專案，直講到甜點上桌才告個段落。突然間，格倫·顧爾德露出厭煩的表情，搖搖頭說：

「你眞聒噪，說了這麼多，夠了！我現在想安靜地享用甜點。」

面對這突如其來的反應，成坤閉上了嘴，奎八和權姹蓮也跟著變得嚴肅起來。有一分鐘左右，大家都沒說話，成坤忍受著酷刑般的沉默，勉強把甜點送進嘴裡。格倫·顧爾德嚼完檸檬蛋糕的最後一角，用香檳稀哩呼嚕地漱了漱口。

「我們合作吧！」

他說。

「嗄？」

成坤驚訝地問。

格倫·顧爾德講的像是在說「有炒碼麵和炸醬麵，你就吃炸醬麵吧！」一般輕描淡寫。這種決定方式不太像媒體上報導的、以挑剔著稱的格倫·顧爾德式投資法，而且這可能不是他們事先商議好的決定，因爲奎八和權姹蓮臉上都明顯露出驚訝的神色。

「我在見到你之前就已經決定了，見面只不過是一個確認我的決定是否正確的過程。你的話非常具有說服力，我深受感動。對了，你如果不願意的話，也可以拒絕。當然，能合作的話會更好一點。」

格倫．顧爾德邊說邊做了一個強調「一點」的俏皮手勢。金成坤．安德烈亞把手掌在大腿上抹了抹，擦乾手心裡的汗。然後，他問了一個說不定會毀掉一切的問題。

「但是，爲什麼呢？」

格倫．顧爾德的眼睛微微張大了一下，緩緩直起靠在椅背上的身體。

「我告訴你一個故事，這故事我從來沒有對別人說過。我小時候，也就是大概五、六歲的時候，因爲不小心被困在地下夾層裡。家裡一個人都沒有，四周一片漆黑，黑暗中只看得到樓梯。但我年紀太小了，根本沒想到只要爬上黑黑的樓梯，就能走到外面有光的地方，因爲我害怕得動也不敢動。就那樣蹲在裡面好一陣子之後，突然有了一個簡單的念頭，那就是『打破那個想法』。之後我做的事情就非常簡單，我穿過黑暗跑到樓梯下面，然後大步大步地往上爬，一下子就把門打開了，簡直輕而易舉。」

格倫．顧爾德頓了頓才又開口說：

「事實上，這件事造成了我心理上的陰影，即便到了現在每次想起來還是令我全身顫抖。那麼小的孩子在恐怖的黑暗中想像出來的灰塵怪物和灰濛濛的幽靈都是非常眞實的，直到現在那些東西還會不時出現在我夢中，嚇得我全身蜷縮起來。但是，我依然將『破繭而出』當成是我人生永恆的座右銘；而你，讓我想起了遺忘多時的過去。眞的，你打動了我的心。像你這樣的人很罕見，碰巧成為英雄的人很多，但能下定決心堅持到底，並且把自己所得到的眞理昇華爲商業創意與他人分享的人，眞的非常少，也十分寶貴，你的想法有足夠的資格去影響全世界。

「所以我想和你做朋友，特別是因爲剛才你還雙眼圓睜，以一種『這怪胎該不會是在騙人吧？』的表情，問我『爲什麼？』。」

金成坤垂眼望著擺在面前的草莓蛋糕，表層是巧克力的草莓蛋糕上撒著金粉裝飾成彩虹模樣，碟子上端滴了三滴巧克力糖漿恰好形成正三角形。他像要把這模樣刻在眼底一般死死地盯著看，因爲這塊草莓蛋糕將成爲這一天的象徵。

46

那天晚上在回家的路上，金成坤一碰到四下無人的時候就會大聲吶喊。他實在無法壓抑縈繞在心中的激動，一有機會就全身用力到發抖地大喊大叫。

以前他也曾經做過類似的事情，當他陷入深深的絕望，再不發洩就要崩潰的時候，他也曾捶地痛哭。如今則是一股難以隱藏在心底的巨大喜悅，如此眞實地震撼著他。金成坤感覺自己長久以來的艱難旅程得到了肯定和回報，所以他握著雙手，咬著嘴唇，傷感地哭了起來。

蘭希正用噴霧器澆花，所以才會把突然開門進來的金成坤誤認爲可疑人物，把噴霧器當成槍舉起來，徒勞地想保護自己。當成坤滿臉通紅哽咽地跪在地上時，蘭希屏住呼吸，心想該不會又發生了什麼糟糕的事情吧。直到他狂風暴雨般地邊嗚咽邊說出令人難以置信的事情之後，蘭希才終於鬆了一口氣。

「我經歷了這麼多的事情都是爲了這一幕。」

她的丈夫哭了起來。

「爲了這一幕，都是爲了這一幕……」

成坤最後的幾句話混合在哭聲裡聽不太清楚，蘭希鎮靜地將差點掉下去的噴霧器放在桌上，然後彎下膝蓋，緊緊抱住跪趴在自己面前的成坤。

「我以前眞的很恨你，現在也還是恨著你。但我不得不承認，你眞的很用心、很努力。」

蘭希輕聲細語地說。

「現在只不過是發生了一些本該發生在你身上的事情而已。」

這是眞心話。當然，她到現在也不願意去回想丈夫所帶給她的苦難和傷痛。但是在蘭希心中還對成坤抱著最後一絲希望，因爲他在布滿傷痕和失敗的道路上，也從來沒有停下奮鬥的腳步，還有那顆隱藏在他內心深處單純而善良的心。

夫妻兩人對上了雅瑩在門後偷看他們的目光，成坤走向雅瑩，雅瑩先撲進父親的懷裡，蘭希張開雙臂環抱這對相擁的父女，三人抱成了一團。即使有人硬要把他們分開，他們也會像摺紙剪成的一家人一樣手牽著手連在一起，這是一個完美的時刻。

47

再接下來發生的事情就像魔法一樣讓人暈頭轉向，在「善良的英雄攜手格倫·顧爾德」的標題下，金成坤與格倫·顧爾德的合照妝點著各大新聞報導的版面。

成坤的故事不亞於一齣連續劇，從充滿黑暗、看不見盡頭的隧道裡走出來成爲市民英雄，又和偶然造訪韓國的富豪格倫·顧爾德簽訂投資協議，他的故事足以成爲世人的話題。金成坤的人生再次受到關注，就連在鎮錫的 YouTube 頻道上出現過的矯正姿勢小熊照片也被安上「如今不同凡響的金成坤·安德烈亞」等等的標題，做成迷因圖到處流傳。

人們都爲金成坤瘋狂，成坤在電視節目上大談自己的人生故事，他失敗的過往成了他的勳章，金成坤·安德烈亞是這絕望不安時代裡不可或缺的人物。與鎮錫的忘年之交也成了話題，「抽空樂團」獨特的歌曲和他們的主打歌〈稻草 tum tum〉也跟著熱度飆升。

救命稻草專案靠著格倫．顧爾德和諾內的資本穩步成長，金成坤．安德烈亞被任命爲救命稻草專案的總經理，無數開發人員投入其中，對系統和管理的密集會議持續一整夜。諾內在他們收購的入口網站上讓救命稻草專案置頂曝光，許多人對這個可以將自己的生活帶往更美好方向的專案都顯得興趣盎然，紛紛下載應用程式，用任務挑戰角色「稻草」或支持角色「打氣者」的身分參與其中。

金成坤．安德烈亞不再是一個大腹便便、肩膀微駝的平凡中年男子，他是一個成功人士，過去累積的債務就像被太陽蒸發一樣瞬間消失一空。金成坤擁有了一棟閃亮的新家、一輛更閃亮的新車和一輛又更閃亮的哈雷重機，他的臉上洋溢著從容不迫的微笑，生活甜蜜而夢幻。

每天晚上躺在床上，金成坤都很疑惑這種狀態能持續多久，不過想著想著也就睡著了。這樣的疑惑來自於無以名狀的、隱約的不安感。但他很快就沒有多餘的時間去思考這些事情，因爲生活的節奏已經快到他無法掌控的地步，現在他視野中的景象全都發生了變化。令金成坤震驚到以爲自己是在夢中一般的幸福，漸漸地成爲如空氣般理所當然的日常。金錢不再是實現幸福的手段，只是一連串高低起伏的數字，他要承擔的責任也相對地成倍遞增，變得更加沉重。

生活最讓人難以招架的地方，在於它不斷向前推進。生活一路前行，沒有方向也沒有目的地。正因爲如此，尋找因果和意義的努力往往是徒勞的。你認爲自己已經找到的答案，可能只是一個短期的解答，很難貫穿整個人生。唯一能貫穿人生的眞理，就是「持之以恆」。

金成坤原本以爲會持續下去的幸運，隨著生活的進展也只能令他乾瞪眼，就像雲朵偶然形成的上帝形象，被風一吹馬上四分五裂一樣，一切就這麼短暫而虛妄地消失無蹤了。

降臨在金成坤·安德烈亞身上的幸運當然是他的，但來得太突然、也太巨大，他一個人承擔不起。和他一起攜手前行的人太多了，從一開始他就握住了力量遠勝於自己的強者的手，短期來看這是幸運，但長期來講卻是厄運的開端。不幸的是，面對突如其來的幸運衝擊，金成坤沒有足夠的智慧察覺自己的內心正在龜裂。他不是太天眞就是太愚蠢，無法意識到這個事實，因此他也和別人一樣沉迷在瞬間改變的日常生活中，並且樂此不疲。

在暢行無阻的高速公路上飛快前進的金成坤，遇上突然出現的彎道時轉錯了方向盤，拐進了凹凸不平的泥土路，接連又碰上小障礙物和小坑洞，但他卻沒有因此放慢速度。金成坤咬緊牙關，以爲只要過了這危機四伏的一小段路，又會出現一條筆直的康莊大道。然而最後，他卻掉落到驟然出現的懸崖下方，一切厄運的起因都歸咎於技術不夠嫻熟的駕駛者。

就像嘩啦啦翻過的書頁一樣，轉瞬之間金成坤·安德烈亞迎來的成功篇章就此告終。

第四章

惡手

48

因此我們如今再看到的是兩年後的金成坤．安德烈亞。他躺在黑漆漆客廳的沙發上，看著電視裡播放的綜藝節目，鬆弛的皮膚、粗糙的頭髮，他盯著畫面看偶爾會發出笑聲，但那笑聲空洞，畫面閃過之後也跟著消失。

救命稻草專案仍然有效，但名稱已經更改，運作方式也走向了商業化。而且金成坤處於失業狀態，這件事就發生在他當上總經理還不到半年的時候。

資金挹注之後，員工人數增加，救命稻草專案終於正式上市，金成坤心中充滿異樣的感覺。就像沿著螺旋狀階梯急速走下來，越走越狹窄一樣，他很清楚等他到達最底下的時候，就會只剩下自己一個人。但同時，他也還是心存僥倖，不過這種僥倖心理只是一種自我安慰罷了。「不會吧，我都這麼努力了！」「不會吧，我都這麼用心了！」「人生再怎麼捉摸不定，也不會發生這種事情吧！」

金成坤沒有足夠的能力管理這麼大的事業，救命稻草專案雖然是由金成坤發起的企畫，他也只是運氣好披上了善良英雄的形象而得到總經理的職銜，但他身上有著明確的局限性，市場對待他也毫不留情。金成坤只不過是名義上的總經理，是爲了宣傳這項專案暫時被推上了這個位置。

大部分新進員工都是一些想把救命稻草專案的經歷當成跳板進入諾內公司的人，金成坤不懂他們使用的術語，一開口就顯得很狼狽，他在洗手間裡也聽到員工們私下對他的議論。來公司上班的每一天，他都抱著如坐針氈的心情堅持下去，然而可以取代他的專家一個接著一個愈來愈多。與此同時，救命稻草專案卻有了長足的進展，參與人數不斷增加。

然而某天在會議上，有提案要求將救命稻草專案的名稱改爲「一束稻草」，並且將細節轉往更商業化的方向。在成坤強烈反對的同時，有一件他曾經預感到——說不定也是內部所有人一致希望——的事情發生了。在劇烈爭吵中，有人強烈攻擊成坤的存在就像一個由稻草紮成的稻草人一樣，成坤一聽就憤而起身走出會議室。

幾小時後，他冷靜下來再次往會議室的方向走去，可是會議已經在沒有金成坤在場的情況下開始進行。這時候阻止金成坤再次進入會議室的人，是突然從旁冒出來的奎八。在說長不長、說短不短的交談結束後，奎八這麼說：

「我們是朋友我才坦白跟你說，你的任務大概到此爲止了。」

金成坤驚訝得張開嘴，聽到奎八沉著的話語，他才察覺高層早就做出了這個決定。

「反正你遲早也會知道，你已經不再適任了。」

「但是這和我所想的方向差太多，換了方向的話，一切都會跟著改變，連價值都會變。這明明是我開發的項目！」金成坤拍拍胸膛，嘴唇顫抖地說。

奎八一副很疲倦的樣子，快速地點了點頭。

「對，沒錯，是你的。可是你覺得你的想法值多少錢？沒你想像得那麼值錢，要我說老實話嗎？」

在緊閉的門背後，會議持續進行著。站在門前阻擋成坤的奎八，和那個童年時期收錢賣麵包和葡萄酒的雅各，果然還是同一個人。

「你到現在……」

成坤深吸了一口氣，繼續問下去：

「還認爲所有的一切都是遵循交易的原理運作的嗎？」

奎八揚了揚眉。

「基本上是的。」

奎八回答。

這時，成坤才終於明白當他再度看到奎八時所產生的那個一脈相承感到底是什麼——無論外表如何變化，他那種德性和小時候完全一樣。

而金成坤．安德烈亞不得不站在門外接受門裡發生的事情，就像很久以前在教堂的那一天一樣。

經過幾天對細節的調整和走完協議的流程之後，金成坤離開了這棟大樓。所有的理由都說得名正言順，文件的詳細條款上也都逐一留下了代表成坤同意的簽名。即使如此，不，該說也正因此，成坤更眞實地感受到自己輸了。回頭望去，如銅牆鐵壁般堅固、莊嚴的一棟宏偉大樓就矗立在那裡，但他卻再也無法回到大樓裡那間自己曾經短暫待過的辦公室。

金成坤想起稱自己是好朋友的格倫．顧爾德。格倫．顧爾德彷彿想將整個世界都建造成自己的遊戲場所似的，仍舊四處尋找形形色色的商品，開展各式各樣的工作。他對所有新的商業夥伴都使用了「朋友」這個詞。

成坤是一個在商業領域裡被短暫利用、又差強人意的玩具，但如今他的效期已經到了，於是金成坤．安德烈亞只能報廢了。

49

當一個人產生有什麼東西完全被毀掉的感覺時，就會變得自暴自棄。

「你做錯了，一切都來不及了。年紀也大了，那麼努力綻放的熱情反倒成爲失敗的證據。」

心中有個聲音開始對成坤竊竊私語，不停地告訴他「你的人生就是個錯誤！」。

討厭死了！膩煩的生活讓人難以忍受。那麼拚死拚活地努力，還以爲從此一帆風順，沒想到結果還是一樣。歷盡了千辛萬苦，運氣好的話能得到什麼，金錢嗎？反正這東西生不帶來死不帶去，不如盡情花用，最後老了大概也沒有人會來探望吧！成坤啞然失笑，他從不認爲人生會容他安詳地活到老。

金成坤自暴自棄地想著，如果人生是如此邪惡又殘忍的話，我也沒必要反抗人生，反正這場遊戲他注定會是輸家，還不如在限定的時間裡，高興愛怎麼活就怎麼活，那樣是不是就能減少一些痛苦？

就這樣金成坤下了一記又一記的惡手[ㅋ]，慢慢地整個人變得愈來愈頹廢，最後生活對他下了一個非常容易、也很簡單的命令，而且像悄悄話一樣反覆呢喃——是的，你想的沒錯，所以回到原來的樣子去吧，你原本的樣子。

金成坤抗拒不了這悄悄話。

ㅋ 圍棋術語，指明顯的壞棋，會給局面帶來無法挽回的損失。

50

金成坤已經窩在家裡好幾個月沒出門了。剛開始只是話變少，慢慢地卻兇狠起來，最後表情連同語氣都變得很暴戾。蘭希沉默以對的態度就像在等待某個臨界點一樣，這讓成坤更加難以忍受，變得有點神經質。金成坤也不知道自己究竟想要什麼，他蜷縮在沒有人能進入的洞穴裡，渴求洞穴外的人關心他，但同時如果有人膽敢往洞裡探頭的話，就像是往汽油桶扔打火機一樣，他馬上會爆發。

終於有一天，忍無可忍的蘭希開口了，與此同時，寂靜的洞穴也走向崩潰的邊緣。面對蘭希說「你這個樣子還要多久？一旁看著的人也很難受！」，金成坤已經不記得自己是怎麼回嘴了，只模模糊糊想起自己以絕對不該用的方式，把絕對不該說的話說了出來。等他回過神，眼前的蘭希全身顫抖流著眼淚。

「你永遠也不會改變，你一定是誤以爲自己改變了，不但騙了別人也騙了自己。裝模作樣的，你還眞厲害呀！可是你……」

蘭希用力吸了一口氣，成坤在腦子裡把她接下來說的話自動消音，因爲他知道，如果他現在承認自己錯了，蘭希一定會原諒他；也知道只要悔過之後重新努力，就能改變一些什麼。

但是，出於他個人的意志，他不想選擇這個方法。他打算按照自己的本性，也就是他與生俱來的性格所指示的方向去做。他一點也不想讓步，也不想承認自己後悔。他已經向這個世間屈服了，難道連在家裡也必須委曲求全地放低身段嗎？成坤覺得蘭希實在是強人所難。

「妳走，出去，別管我！」

金成坤一面詛咒人生，一面大聲咆哮。這一瞬間他和從房間裡衝出來的雅瑩四目相對，十七歲的雅瑩已經完全蛻去了稚氣。兩年前的某一天，他也曾經和從房間裡衝出來的雅瑩四目相對，那時他們還流著眼淚，激動地擁抱在一起。

某種複雜的感受像瞬間照亮的車頭燈一樣掠過金成坤的心頭，但他的表情即使在這一刻也沒有改變。太累了！現在全宇宙中最重要的事情，就是自己的疲憊。

剎那間屋子裡的人都走光了，只剩下他獨坐在沒開燈的客廳。就這樣幾天過去了，誰也沒有跟他聯絡。

51

通過這一連串的事件，成坤領悟了人生的無常和宿命。

當幸運像意外事故一樣突然到來，並麻痺了某個人的時候，厄運就會降臨，宣告「這裡是我的地盤！」。當幸運簡短地慰勞一句「辛苦了！」「費心了！」，厄運就會提高層級和強度，嗆聲說「看我的厲害！」，讓想跨越人生高牆的人掉到深深的谷底去。

幾天幾夜過去了，成坤不知道爲何突然想起了鎭錫。和鎭錫已經有一年多沒聯絡了，鎭錫的首張單曲短暫地紅了一陣子就沒了下文。不知道出於什麼原因「抽空樂團」解散了，之後鎭錫重新開設 YouTube 帳號，人們卻對他很不友善。鎭錫並沒有特別做錯什麼，頂多是不怎麼吸引人，但也不至於到讓人討厭的地步。只是人們不再留言說喜歡他的歌，或是稱讚內容新穎，反而冒出一堆惡意批評說內容無聊透頂，要他快滾。

鎭錫 YouTube 帳號的最後一支影片是宣布頻道暫停更新的消息，他傾訴著自己遭人排擠和惡意留言給他帶來的精神受創，整張臉蒙著一層深深的陰影，就是在披薩店裡因爲是「圈外人」而遭排擠的那層灰色陰影。

金成坤嘴裡發苦，內心不停地問：

爲什麼會是這副模樣？

爲什麼一切都沒有改變，還是原來的樣子？

爲什麼到後來又和最開始沒兩樣？

爲什麼到最後一切都是白費力氣？

爲什麼所有的事情總是像這樣回到原狀變得亂七八糟？

或許這一切的答案就在蘭希最後留下的話語裡。

「你知道嗎？在痛苦的情況下也能堅持一定的態度才是最困難的事情。我以爲你做到了，所以爲你加油打氣；我以爲你眞心在努力，終於有了改變。然而，你沉浸在虛榮裡，變得驕傲自負，而我則是誤信了我想相信的事情，以爲過不了多久一切都會好起來。在情況好、心情好的時候當個好人很容易，任誰都做得到。但是碰上工作忙碌、沒有餘裕的時候，再加上事情進展不順利，你馬上變回了以前的你。所以說，你永遠改變不了，到最後你還是原來的那個你！」

這些話完全無可辯駁。如今只剩下金成坤．安德烈亞一個人，在空無一人的屋子裡懷抱著一顆空虛的心，顯而易見他又站在了兩年前的那個位置——也就是不幸和厄運的原點上。

一切都安靜得令人難以置信，猶如暴風雨過後的大海那般寧靜。爲了確認某件事情，並且付諸行動，金成坤起身邁出沉重的腳步。

路上行人腳步匆匆，噪音、笑聲和熾熱的陽光也和從前一模一樣。金成坤漫無目的地走著，回想自己這麼長時間以來所付出的努力，覺得當初想用一個小小的、微不足道的嘗試來對抗人生的自己，實在太自不量力，也太可笑了。

一轉眼太陽西下，黑漆漆的夜晚降臨。金成坤．安德烈亞不知不覺地走到了首爾火車站，他想確定的事情就在這裡。空蕩蕩的車站和冷冷清清的空氣是他所熟悉的，彷彿展示櫃裡排列整齊的人偶一樣，所有東西都原封不動地塞在自己該有的位置上。和以前一樣，街友在街友的位置，寂寞行人在寂寞行人的位置，占據新聞版面的人在電視機裡頭。似乎不需要任何的努力，全都保持著原狀，所有的一切都在該有的位置上呈現該有的面貌。

也有人打破這安穩的景象，趁隙進入不同的世界，金成坤就短暫地這麼做過。但很快地他就被彈出來，以最適合他的狀態、最適合他的面貌重新又站在這裡。爲了對抗宇宙秩序而費盡心力的人，如果無法戰勝想回到原來狀態的本性，就注定了要失敗。就「江山易改，本性難移」這一點來看，金成坤其實只是個很常見的失敗者罷了。但是他甚至無法以大部分的人都是這樣的說法來安慰自己，因爲他一直想活得和大部分的人不一樣。

看穿了本性難移如此簡單的眞相之後，金成坤一臉茫然地環視周圍一圈，一如既往抓著酒瓶的街友和電視機畫面裡的某個人大大地出現在新聞報導中的臉孔，讓他意識到了什麼。現在，金成坤該前往他早就該去的地方了。

於是金成坤．安德烈亞又來到這裡，也就是整個故事開始時的那個地點。他喝了很多酒，所以他眼中看到的世界就如同江水一般搖晃蕩漾。時至今日他所感受到的絕望，已經不再是劇烈翻騰的狀態，甚至可以用安詳平靜來形容。

走在橋上，金成坤發現了一件可笑的事情，大橋周圍的圍欄高度比兩年前又高了一些。怎麼連尋死的障礙都變高了？金成坤緩緩走下岸邊，周圍一個人也沒有。他慢慢地走進水裡，突然間腳就離開了地面，水往衣服裡湧入、通過鼻子和嘴往身體裡灌入。水的滋味讓人不由得想罵三字經，非常適合作爲對這世界最後的印象帶走。

52

如果人生是當你想死也不會隨便放你去死的話，那麼人生到底想要幹什麼？醒來時，金成坤躺在病房裡。警方說有幾名垂釣客看到他下水，其中一人直接跳入水中救了他，但是當救護車抵達，成坤的呼吸心跳恢復正常之後，那個人就消失了，所以連警方也不知道該怎麼和救援者取得聯繫。而突然接到聯絡趕來的蘭希和雅瑩，在確定成坤平安無事之後已經匆忙離去。

金成坤抬眼望著病房裡的白色牆壁若有所思，如果當初想得更周全一點，直接從大樓樓頂跳下去，或是獨自在房間裡吃藥，那是不是就會成功了？他也是怕傷害到別人，或是不願到時還要麻煩某人來收拾這具靈魂已逝的殘軀，才選擇投江自盡的，難道這也錯了嗎？這世界到底出於什麼樣的目的，老是讓他欠債？

離開醫院之後，金成坤在路上茫然地站了好一陣子，不知道自己該往哪裡去？他就像迷路的孩子一樣四處遊蕩，最後朝著以前外送的區域走去。如同巡禮般，他走過以往騎腳踏車行經的大街小巷，像被什麼所吸引似的來到某處——朴實英司機工作的補習班大樓前面。

補習班前面仍舊停著一整排黃色接駁車，成坤徘徊在大樓前，不知道自己究竟想來確定些什麼。如果說一切照舊，那麼他要找的也應該還在原來的位置上。但似乎不大可能，因爲想改變的沒改變，想保持原狀的或許已消失無蹤。若說金成坤從自己將近五十年歲月學到什麼，那就是人生必然如此，既淒涼又悲哀。

這時候，一輛黃色接駁車從遠處拐過轉角沿著馬路平滑地駛了過來。車子緩緩停在金成坤前面，一窩蜂下車的孩子們後面露出一張熟悉的臉孔，那張臉一點都沒有變，是朴實英司機沒錯。成坤心裡充滿難以言喻的情緒，慢慢走向朴實英。

「老伯，您還記得我嗎？」

朴實英瞇起眼睛看著成坤，隨即露出淺淺的笑容。

「是，我還記得你，好久不見，過得好嗎？」

成坤默默地點點頭，鼓起勇氣又開口說：

「老伯，您覺得……我看起來怎麼樣，變了很多嗎？」

「這個嗎，我覺得不管是第一次還是現在，你看起來都一樣。」

朴實英的口吻依然平靜，臉上也絲毫沒有因歲月侵襲而顯得憔悴滄桑。不知道爲什麼他的語氣讓成坤感到很安心，像是回到安全的所在，以致成坤開口吐出一些沒頭沒尾的話。

「我不知道爲什麼會對老伯說這些話，可是老伯您知道嗎？我不曉得自己爲什麼一定要活下去，我眞的很努力，可是沒有一件事情順利。」

「凡事都是有好有壞，你沒必要在意。」

朴實英一面用抹布擦拭接駁車，一面輕描淡寫地說。金成坤像是要反駁一樣又接著說：

「我把事情搞得一塌糊塗，再也沒辦法設定任何目標，也完全不知道自己該做什麼？爲什麼還要活下去？」

「那是當然的呀！」

朴實英說。

「既然被扔到了這個世上，當然會迷惘。根本就不想被生下來，卻必須一動也不動地被困在狹窄的肚子裡，又突然赤裸裸地被扔到這個世界來。人呀，從一生下來就很孤獨和不安，也因此一定有辦法知道該怎麼活下去。手能抓到的，不管是什麼，先抓緊再說。抓住的東西，運氣好可能會讓一切順利，萬一覺得不對勁，又沒有勇氣放手，就只能勉爲其難地繼續抓在手上。然後，如果有人搶走這東西，人又會像剛被扔到這世上的孩子一樣不安地哭泣。因爲手裡沒了可以抓住的東西，也沒了可以依靠的地方，只能赤身裸體拚命掙扎。大家都是這麼過來的！」

成坤看著眼前的男人，一句話也說不出來。朴實英停下動作，轉身面向成坤。

「我也可以問你一個問題嗎？你覺得我以前過的是什麼樣的生活？是成功的生活，還是失敗的生活？」

成坤根本猜不到朴實英的生活，所以他只能實話實說。

「我不知道，但是老伯您知道嗎？您總是給我一種知足安詳的感覺。」

「沒錯，我對我的生活感到心滿意足，但這份滿足難道是從一開始，不需要付出任何代價就能獲得的嗎？」

朴實英的眼睛瞇了起來。

「我確實經歷了很多事情。在很長很長的一段時間裡，我經歷了一些華麗到難以想像，卻也同時醜陋到不願回想，令人恍惚到會全身顫慄的事。在那段時間裡，我付出了所有的情感去回應，在往來於天國和地獄的同時，也盡了最大的努力去面對。換句話說，和你是一樣的。然後，我就來到了這裡，以現在你所看到的模樣。」

成坤的眼眶莫名紅了起來，直到現在，他才稍微領悟朴實英接受人生的祕訣是什麼。成坤想起他冒著大雨爲孩子們用心準備安全通道，最後站在雨淋不到的安全地帶，一臉悠閒的模樣。

朴實英不把人生當成敵人，也不向人生屈服，當他必須對抗人生波濤時，他奮力抵抗，不需要這麼做時，他就用孩童般的眼睛觀察生命的美好。金成坤不敢想像必須經歷過什麼樣的人生，才能擁有刻在他臉上不動如山的安詳恬適。朴實英開朗地補充一句：

「在我看來，你過得相當精采。」

「我哪有過得精采，我過得一塌糊塗！」

金成坤吸了吸鼻子，發起牢騷來。

「當然是一塌糊塗。可是正因爲一塌糊塗，你現在才會來找我這個陌生人哭訴，不是嗎？」

朴實英呵呵笑了起來，繼續說：

「可是，眞的只有一場糊塗嗎？」

「什麼？」

「我是問你，這段經歷裡眞的只有一場糊塗嗎？」

朴實英猛地將臉伸到成坤面前。

「好好想一想你從過去到現在的生活，不可能只有一場糊塗的生活，不可能從一開始就是這樣。」

朴實英又把身子向後抽了回來，耐心地看著成坤。

「我覺得，你應該算是過得很精采，因爲不是每一個人都能不斷努力地探索人生，所以你做得很好，做得非常好！」

朴實英握住成坤的手，然後重重地拍了拍他的背。他粗獷的大手和拍打背部時拿捏得剛好的力道，就像寬大的棉被一樣撫慰了金成坤的傷痛。

做得很好，做得非常好，你的人生很精采。

聽到朴實英這番讓人心潮澎湃的話，成坤還是一直搖頭，自己明明做得不好，也做錯了很多事情，這根本是個錯誤的人生。但「做得很好，做得非常好！」這句話實在太令人感激涕零了，而自己如此卑鄙、無恥，完全承擔不起這句話，所以成坤只能眼淚一直流個不停。

過往行人都用奇怪的眼光看著這兩個男人，金成坤也沒特意迴避他們的視線，甚至感謝他們用陌生的眼神看著自己。「做得很好，做得非常好！」這句話縈繞在他心中，他想把這句話再轉達給某個人——以此爲目標的生活，似乎也不錯。

有時，支撐生活的力量就是從這麼微小的地方開始。

金成坤在難以理解的人生面前謙虛地低下了頭，然後，他會再次抬起頭來，不再與人生爲敵或放棄人生，而是與人生站在同等的立場上握手言和、比肩而行。

53

「你來啦！」

「老闆，好久不見！」

「臉怎麼這麼粗糙？」

「老了呀，都這麼久沒見面了。老闆還是老樣子耶！」

「交際能力有長進喔！說什麼老樣子，我不只是老，根本是磨損了。」

「好久沒見面，當然一開口就要說好話，我還有這點常識。」

「怎麼這麼久沒聯絡？」

「之前一直很憂鬱，您就當作蝸牛又縮回殼裡去吧。」

「我也差不多。不過，我時常想起你，尤其是在我租了這個地方之後。」

「所以才叫我過來的吧？」

「是呀。那你考慮好了嗎？」

「有打算考慮才過來的。讓我看看，空間滿寬敞的，比以前的大兩倍。」

「聽說以前是倉庫。我認爲想實現什麼想法，先得有個基地，所以就租了下來。我剩下的錢還足夠負擔這裡的房租，因爲我把只騎過兩次的哈雷重機賣掉了。可是租下來以後就想起了你，我們不是也曾經在同一個地方各自做著不同的事情嗎？不只想起了那段時光，也覺得如果你能偶爾來這裡冷靜一下頭腦，或是想想新的創意，不知該有多好。」

「可是後來我們兩個不是都完蛋了嗎？」

「就是因爲完蛋了，所以才要重新開始呀！雖然不知道該從哪裡開始、要做些什麼。」

「老闆您以前不是說過，在哪裡跌倒就從那裡開始！」

「那你打算從哪裡做起？」

「啊～～～哇，這裡全部打通，聲音可以響徹整個空間，餘音繚繞耶！您也一起試試看，啊～～～」

「我在問你打算從哪裡做起？」

「啊～～～您就像我這樣試一次看看吧，我不是在開玩笑的。」

「啊～～～眞的耶，回音好大聲！」

「呀～～幹你娘，這該死的世界！」

「鎮錫，太大聲了！」

「這混帳、讓人不爽、超級雞巴爛的世界！」

「鎮錫，STOP！」

「我會再努力的，所以這該死的世界好歹來點回音，給我些回應啊！」

「沒想到你這麼肆無忌憚，之前是怎麼忍住的？像你這種傢伙的選擇性緘默症眞是心理學論文的好題材。」

「對不起，大概是因爲見到了老闆，又重新打開了我之前關閉的言語之門吧！」

「那我就當你是要住在這裡囉！跟以前一樣各過各的，一切照舊！這次也要簽書面合約，沒問題吧？」

「這次的費用我會出一點，這樣我也比較方便，您偶爾請我吃個飯就行。住在這裡的期間我會盡量遵守約定，可是如果突然叫我搬走的話，我絕對是不會同意喔！」

「知道了！你方便就好。」

「對了，您剛才的問題……您問我打算從哪裡做起，對吧？」

「嗯。」

「我說了什麼？」

「這有什麼好問的，當然是按照老闆您說的話。」

「在哪裡跌倒就從那裡開始，從可以做的做起。」

「我以前說過這樣的話？太酷了！我怎麼一點也想不起來。」

「沒關係，反正這些話都儲存在我的腦子裡了。」

「不過，你到底打算從哪裡開始做起？」

「從吃飯開始，怎麼樣？」

「這好像不是什麼好主意，缺乏建設性。不然，先看看窗外吧！」

「好呀！路過的行人都看得一清二楚，雖然沒什麼新鮮事，但還是很神奇。」

「眞的耶！」

「裡面餘音繚繞，外面世間輪轉。」

「聽起來像歌詞。」

「是嗎？裡面餘音繚繞，外面世間輪轉……裡、面、餘、音繚繞……」

「你又在念什麼，不會又開始作曲了吧？我就知道你絕對不會放棄音樂。」

「呃，沒有啦，我煩都煩死了。」

「那你笑什麼？」

「那老闆您笑什麼？」

「我笑了嗎？」

「是的！」

「鎮錫，你笑起來眞好看！」

「我才正要說呢，老闆您也是！」

尾聲　過著什麼樣的生活

後來，有關金成坤．安德烈亞的生活以什麼樣的方式發展，顯然沒有人知道。他應該是混跡在人群中，在哪裡過著某種生活吧。

但是，我們也可以這樣想像：

當你走在路上，發現一間開滿絢麗花朵的小花店。一走進店裡，親切的老闆就面帶微笑地招呼你。你絕對想像不到露出花朵般燦爛笑容的她，就是幾年前因爲害怕這個世界而不敢踏出房間一步的人。

一個頭髮斑白的中年男人指著一把素淨的花束和長壽花小盆栽跟老闆說話，因爲結婚紀念日和成人之日剛好同一天，他得給妻子和女兒兩人都買些花當禮物，並拜託老闆幫忙簡單地包裝一下。女人不想接下男人遞過來的信用卡，因爲她還記得就是這個人伸出的援手把自己帶出了房間。儘管如此，男人最後還是按定價付了錢。

在老闆精心包裝花朵的時候，男人慢慢地在店裡看了一圈，不管是含苞待放的花、已經盛開的花，還是將謝未謝的花，他都報以充滿愛意的眼光。而且他靜靜地聞著花香，像是要牢牢記住花的香氣和顏色一般。

你還在猶豫要選哪種花時，一個不小心撞到了男人的肩膀。男人微微點頭，向你簡單地致歉，然後主動側過身讓路給你。你對他報以同樣溫度的禮貌性笑容，這下子和他相撞似乎也沒那麼讓人不愉快了。

你不會知道男人經歷了失敗與成功交織的混亂無序生活之後，才走到了今天的境界。你更不會知道他好幾次決心要死，也試圖尋死，但如今他已經不會再主動向死亡求助。你也無從得知他有兩個很棒的朋友，一個是很晚才學會開車，後來竟駕車橫越美洲大陸的好友，另一個是年輕又有才華的音樂家。而且你永遠不可能知道，他的心中每一天都有新的夢想和計畫在萌發成長，今天他也朝著那個方向繼續努力。

或許男人曾經和你擦身而過，但你可能完全不記得有這麼一回事。

然而，他的背脊挺直了，眼睛也明亮清澈了，歷經無數風霜，有時甚至跌到谷底之後，不知不覺間洞燭世事的智慧靈魂細細刻在了他的臉上。也就是說，他這張臉已經和故事開頭那時有了很大的不同，完完全全變成了另外一個人。

作者的話

這個故事的開頭和其他作品有點不同，正確地說，這個故事在我的作品中是第一個近似於接受某人委託或請求而寫出來的作品。

在構思作品的期間，我和往常一樣處於想寫些什麼，而且是非寫不可的情況。一時之間雖然寫了很多東西，但我認爲那些都不是自己眞正想要的故事。

然後有一天晚上，我在檢索某個關鍵詞（現在已想不起是個什麼詞）的時候，意外地發現很久以前有人在入口網站提問欄裡留下的短言。因爲只看到一次就再也找不到了，所以雖然不是精確的原文，但內容很簡單，就是請大家推薦「失敗者東山再起」的故事，因爲自己現在太需要這種故事了。

不知爲何那篇發言給人一種很迫切的感覺，可惜下方沒有任何人回覆。因此我下定決心要爲很久以前沒有得到任何回應的那個人寫一個故事，一個失敗者靠著自己的力量重新站起來、再度浮出水面的故事。然後非常自然地，金成坤就從水平線下載沉載浮地露出了身體。

有一段時間，一切對我來說都變得非常沉重，我也愈來愈痛苦。在這過程中讓我得以堅持下來的，是身邊的人給我的慰藉和安慰的話語。但光靠這些是不夠的，「沒關係！」「這樣就夠了！」「照這樣下去也很好！」之類的話雖然能讓人止住淚水，但狠心一點說，也就是僅此而已，時間一長，這些話很快地就會蒸發一空、消散無影。最終讓我重新站起來向前走的力量，一直都是來自於身邊的人或從我內心發出以平靜語調說的「再試試看！」「加油！」。

有了鼓勵，微不足道的嘗試也變得有意義，讓人有信心再次奮起。即使身陷痛苦，我也會因為有這些鼓勵而對當前處境一笑置之，想著這些困境都會成為將來的回憶。不管時間再長、再苦，我都會拚命想像總有一天這一切會被歸納成一句「當時眞的很辛苦！」，語畢再加上淺淺一笑。如果正在閱讀本文的你當下過得很痛苦，我想這樣告訴你——你痛苦的現在將來一定也會成為一笑置之的回憶，一定會的！

當然，在實現了自己的願望之後，也有可能會再次沉下去。這世上沒有不需要付出任何努力就能永遠漂浮在溫暖海面上的安逸生活。就算某個地方眞有類似這樣的生活，我敢說，那種生活也不叫幸福，而是倦怠和無力。因爲我們生活在風浪中，而不是活在室內游泳池裡，總有一天會再次遇上風雨，到時就得靠自己的技巧和慧眼，再次破浪而出。

有個先讀爲快的友人說，金成坤所具有的超能力就在於他具備堅強的毅力勇於一再嘗試。這話說得沒錯，但我寧願相信我們每一個人身上都隱藏著這樣的超能力。不管怎樣，我們都要靠自己的力量站起來。基於這個意義，只要在不傷害別人的前提下，你的努力永遠都是美好而有價值的。

我想在遠方爲那些不願安於現狀、始終全力以赴的靈魂報以熱烈的掌聲，這也是我頭一次借用〈作者的話〉向讀者們喊話——

我會永遠支持你！

二〇二二年七月

孫元平

Eurasian Publishing Group
圓神出版事業機構 寂寞出版社 Solo Press

www.booklife.com.tw reader@mail.eurasian.com.tw

Soul 054

救命稻草

作　　者／孫元平 손원평
譯　　者／游芯歆
發 行 人／簡志忠
出 版 者／寂寞出版股份有限公司
地　　址／臺北市南京東路四段 50 號 6 樓之 1
電　　話／（02）2579-6600・2579-8800・2570-3939
傳　　真／（02）2579-0338・2577-3220・2570-3636
副 社 長／陳秋月
副 總 編／李宛蓁
責任編輯／朱玉立
校　　對／李宛蓁・朱玉立
美術編輯／林雅錚
行銷企畫／陳禹伶・鄭曉薇
印務統籌／劉鳳剛・高榮祥
監　　印／高榮祥
排　　版／陳采淇
經 銷 商／叩應股份有限公司
郵撥帳號／ 18707239
法律顧問／圓神出版事業機構法律顧問　蕭雄淋律師
印　　刷／祥峯印刷廠
2024 年 4 月 1 日　初版

튜브

This book is published with the support of the Literature Translation Institute of Korea (LTI Korea).

定價 400 元　　ISBN 978-626-98177-3-3　　

即使父親走了，某個瞬間的父親也會鐫刻在某人的時間裡，
而只要回憶起往事，這些瞬間就會鮮明地浮現。

——《父親的解放日記》

國家圖書館出版品預行編目資料

救命稻草／孫元平 著；游芯歆 譯.
-- 初版. -- 臺北市：寂寞出版股份有限公司，2024.04
288 面；14.8×20.8 公分. --（Soul；54）
譯自：튜브
ISBN 978-626-98177-3-3（平裝）

862.57　　113002238